Herstellung und Verlag: 2017
BoD - Books on Demand, Norderstedt
ISBN 9783744822336

KLO-SYMPHONIA

Ich muss dann mal...

von Christian Roth

Nani und Neni's Plumpsklo...

Ich erinnere mich noch bestens und immer wieder gerne – an das monumentale Plumpsklo bei meinen Grosseltern. Da war jedes Verrichten des grossen Geschäfts ein Erlebnis und unterhaltsames Spiel gleichzeitig. Ein herrschaftliches Gebäude im Schanfigger-Tal auf dem Weg nach Arosa. Das Haus ähnelte einem Schloss, einer Trutzburg und so schrieb sich die Adresse auch: Robert und Marie Eggler-Burri, Schloss Maladers. An der Aussenwand hing ein Erkerähnliches Gebilde aus Holz, das sich aus der Höhe vom zweiten Stock bis zum Boden zog. Im selben Stockwerk befanden sich auch die Schlafzimmer. Natürlich gab es im ganzen Haus nur eine Wärmequelle. In der Wohnstube stand der grosse Kachelofen, der von der Küche aus ferngeheizt wurde. Der Begriff "Isolation" denke ich, wurde erst später erfunden. Im Winter blieb es im Haus saukalt. Dem Erlebnis "Plumpsklo" tat dies trotzdem keinen Abbruch, obwohl der Spass im Sommer weitaus grösser war – die Geruchsemissionen aber auch. Erwartungsvoll und angespannt sass ich auf der Holzkiste mit dem runden Loch, wartete ungeduldig auf das was kommen sollte und wollte. Kaum hatte das Ding der Begierde den Darmausgang verlassen, rutsche ich hastig vom Thron und riss das kleine Fenster auf. Atemlos lauschten meine Ohren in die dunkle Nacht.

Hinter mir hörte ich ein fernes, dumpfes Klatschen – Ziel erreicht. Natürlich sah ich das Ergebnis nicht, aber die Vorstellung die Länge des Weges nur schon zu erahnen, war faszinierend.

Natürlich habe ich alle erdenklichen Versuche unternommen, den Fäkalienfall lückenlos zu verfolgen. Doch alle Bemühungen blieben erfolglos. Ich kam immer ein Schritt zu spät beim Zielgelände an. Bis ich mein "Füdli" vom kreisrunden Loch bekommen hatte, war das Objekt der Begierde schon zu tief gefallen, um es noch verfolgen zu können. Der dampfende Kegel blieb allen Versuchen zum Trotz im Vorteil. Aber ich habe die Hoffnung nie aufgegeben, einmal als Sieger aus dem Wettkampf hervorzugehen. Bis zuletzt allerdings ohne Erfolg. Auch die Dunkelheit im langen Schacht blieb unüberwindbar, auch nur die kleinste Chance auf Erfolg zu haben. Selbst mit einer Taschenlampe blieb die Aussicht gering. Der Kopf – beziehungsweise die Nase – liess sich nicht lange genug über dem runden Loch halten. Die beissenden Dämpfe und Gerüche aus der brodelnden Tiefe zwangen rasch zum Rückzug. Zudem war die Strahlkraft der damaligen legendären Schweizer Armee-Taschenlampe ziemlich schwach. Eine Hoffnung, doch etwas Sichtkontakt zum fallenden Objekt zu bekommen, waren die monatlich wiederkehrenden Vollmondnächte. Da ergaben sich Momente, wo der kugelrunde Erdtrabant vielleicht ein paar Strahlen durch die feinen Ritzen der Holzverschalung durchdringen liess. Ich habe auf diese Momente gewartet, aber immer wieder die Nächte getroffen, wenn Wolkenfetzen und schlechtes Wetter die Leuchtkraft minderten. Die Hoffnung auf Erfolg blieb trotzdem immer erhalten. Im Winter schloss sich das Fenster auch schneller wieder. Eine eisige Nacht lud nicht zum langen Verweilen ein, obwohl gerade in der Dunkelheit, die Faszination noch um einiges grösser war. Das Aufklatschen am Ziel wurde akkustisch verstärkt und liess die Kälte erträglicher werden.

Ich bin mir manchmal nicht ganz sicher, ob es der Heuet, die Berge, die Kühe, Schweine, Pferde oder Hühner, der Schnee oder das Plumpsklo waren, die mich immer wieder zu meinen Grosseltern zogen.

Das aussergewöhnliche Klovehikel blieb für immer und ewig, unauslöschlich in meinen Erinnerungen als grosses Abenteuer haften.

Vielleicht besuche ich das Schloss von Marie und Robert Eggler-Burri in Maladers irgendwann wieder. Das Schanfigger-Tal ist immer eine Reise wert, mit oder ohne Plumpsklo.

Ein paar Worte in eigener Sache...

"KloSynfonia" ist nicht chronologisch erzählt. Die Erinnerungen an die Klomann-Episoden sind einfach ins Hirn gefahren – wie und wann sie wollten.

Warum ich diese Geschichten dem Papier zumute? Vielleicht – um einen Lebensabschnitt in der Arbeitswelt noch einmal aufzurollen oder den Sinn und Unsinn des "Stillen Örtchens" zu erkennen. Egal! Papier ist bekanntlich geduldig. Nicht Alles muss hinterfragt werden.

So gehören eben auch s'Nani und de Neni in dieses Büchlein. Die Einen sagen Oma und Opa oder Grossmutter und Grossvater. In meinem Wortschatz existiert nur s'Nani und de Neni, der für mich gleichzeitig auch den Alpöhi verkörperte. So durfte ich im Sommer oft auch das Leben auf der Alp geniessen, umgeben von Kühen, Geissen und Säuen. Eine eindrückliche und wunderschöne Zeit.

Wann immer ich an diese herrlich einfachen und erlebnisreichen Momente zurück denke, gehört das sagenhafte Plumpsklo im Schloss Maladers zu meinen Favoriten.

Die intensiven Sommergewitter mit furchterregendem Blitz und Donner und damit verbundene Stromausfälle, sind erst an zweiter Stelle gespeichert.

Ein Schelm würde jetzt behaupten, Nani und Neni's Plumpsklo hätten den Weg zu meinem späten Arbeitsplatz vorgezeichnet. Jeder darf und soll seine Meinung kund tun – auch der Schelm. Ich schaue gerne auf die Vergangenheit zurück und möchte keinen Augenblick des Erlebten und Erfahrenen missen. Ich hoffe ganz einfach, dass der Leser Spass hat und vielleicht auch von ein paar persönlichen Erinnerungen überrascht wird.

Es muss nicht immer asiatisch sein, aber...

Auf dem Klo sind die Japaner uns Europäern einen Schritt voraus.

Ob ich diese Aussage auch als Klomann so sehen würde, kann ich nicht beurteilen, denn auch in Japan sind schlussendlich Menschen die Nutzer.

Im Land der aufgehenden Sonne tickt auch das Klo im Hightech-Takt. Unsere Dusch-Klos sind bereits Schnee von Gestern.

Die sogenannten Washlets warten mit unzähligen technischen Funktionen auf: Ein cleverer Sensor erkennt zwei Beine, die auf das Klo zusteuern. Wie von Zauberhand öffnet sich der Deckel und lädt zum Platz nehmen ein.

Sitzheizung, Warmluftgebläse, Massagefunktion, einstellbare Wasserstrahlen und automatische Spühlung, gehören natürlich zur Standardeinrichtung. Ebenso Heizung und Klimaanlage, die entweder in der Klobrille oder in die Kloschüssel integriert sind.

Es gibt kaum einen Wunsch, den dieses asiatische Klo nicht erfüllt. Eine Düse, nicht grösser als ein Bleistift, tritt unter dem Sitz hervor und verspritzt Wasser. Der Hintern wird gereinigt, ohne dass ich ein Papier von der Rolle reissen muss. Je nach Grad der Verschmutzung, kann die Stärke des Wasserstrahls individuell geregelt werden.

Ein Warmluftgebläse trocknet anschliessend die mit dem Wasserstrahl gereinigten Körperteile wieder. Auch diese Funktion ist selbstverständlich in der Temperatur regulierbar. Der Japaner vergisst schliesslich kein noch so kleines Detail. Perfektion ist das höchste Gebot, auch wenn es sich nur um den nackten Hintern dreht.

Natürlich ist auch für die Intimhygiene der Frau gesorgt. Wie in der Autowaschanlage, ist für die unterschiedlichen Reinigungsprogramme gesorgt.

Allerdings entdeckte ich bei meinen Recherchen keine Informationen, über Fehlmanipulationen beschriebener Anlagen.

In der Autowaschanlage wird keine Haftung für abgerissene Scheibenwischer, Autoantennen und ähnliches übernommen. Der Autohalter ist selber verantwortlich.

Wie es bei einer Unterbodenbeschädigung auf dem modernen Hightech-Klo ausgeht, steht in den Sternen.

Die Ausstattungsvielfalt stösst damit aber noch nicht an ihre Grenzen. Neben dem uns bekannten Zubehör, wie Toilettenpapier und Klobürste, fiel den Japanern noch Ulkigeres ein: die "Geräuschprinzessin".

Vielen japanischen Frauen ist der Gedanke unangenehm, dass jemand die Geräusche hören könnte, die sie auf dem Klo verursachen. Dazu wurde die Spühlung mehrmals betätigt, was aber grosse Mengen des kostbaren Wassers verschwendete.

Also wurde kurzerhand ein Gerät entwickelt, das die Geräusche einer Spühlung nachahmt. Per Knopfdruck oder einer Handbewegung vor einem Sensor wird die "Geräuschprinzessin" ausgelöst. Ohne weitere Wasserverschwendung kann die japanische Frau nun ihr Geschäft hemmungslos erledigen.

Dennoch glauben viele Frauen, dass sich die künstlich erzeugten Geräusche zu unecht anhören und bevorzugen weiterhin das kontinuierliche Spülen. Sicher ist sicher, bleibt das weibliche Motto.

Ein "Furzprinz" hat in Herrenklos bisher keinen Einzug gefunden. Männer stehen zu ihren Geräuschen und wollen diese nicht verheimlichen – es gehört zum Allgemeingut und soll Niemandem vorenthalten bleiben. Eine heroische Einstellung, die man nicht unterschätzen sollte.

Noch eines haben uns die Japaner voraus. Sie unterscheiden peinlichst genau zwischen "rein" und "unrein". Eigens fürs Klo stehen Pantoffeln bereit. Nicht genug damit. Diese Pantoffel sind so konzipiert, dass man von beiden Seiten in die Latschen steigen kann. Die zum Teil extrem engen Kloräume verlangen vom Benutzer keine akrobatischen Einlagen, um in die Schuhe zu steigen, egal in welcher Richtung sie zur Tür stehen.

Einfach nur raffiniert und bis ins Letzte durchdacht – diese ausgekochten Japaner.

Den fleissigen Klofrauen und Klomännern in Japan ist zu wünschen, dass nicht nur die Technik auf dem "Örtchen" genial ist, sondern auch die liebe Benutzerschar.

Die Pflicht ruft…

Halbsechs Uhr – ein neuer Tag und die stets gleiche Frage: "Welche HighLights erwarten mich in den nächsten Stunden?"

Das Frühstück ist beendet, der Kaffee geschlürft und ich

stehe schon fast wach, aber kaum munter vor der Klo-Türe. Der erste von vierundneunzig, meist miefenden, stinkenden, und verunreinigten Scheisshausräumen im grossen Gewerbe- und Bürogebäude. Die tägliche Routine beginnt und verspricht trotzdem, nie langweilig zu werden.

Meine Erwartungen sind grenzenlos gespannt, denn es gibt kaum einen Tag ohne Überraschungen. Überraschung deshalb, weil alles was schon dagewesen ist – was ich gesehen und erlebt habe – zu topen ist. Die Erfahrung hat mich gelehrt, dass die Grenze nie erreicht und die Möglichkeit einer neuen Masche, nie auszuschliessen ist.

Also dann – auf in den Kampf. Zögern gilt nicht. Was gemacht werden muss, das duldet kein Aufschieben.

"Auf gehts Buab'n. Wenn ausgschissen hast kommst eini, dann gibts a Supp'n!" meinte Klaus, ein schwäbischer Arbeitskollege aus früheren Zeiten, in zögerlichen Situationen.

Heinzelmännchen, die sich oft in der Märchenwelt tummeln, gibt es vielleicht. Mir ist aber bisher noch keiner dieser Wichtel begegnet. Also gilt wie immer – selber Hand anlegen.

Trotzdem – eine, wenn auch unsichtbare Hilfe, steht mit schützender Hand neben mir: Papst Julius I., als Schutzpatron der Latrinenreiniger.

Diese Aussage habe ich beiläufig von Wikipedia mitbekommen. Laut dem freien Online-Lexikon steht jeder Berufsgruppe und jeder Tätigkeit scheinbar ein Schutzbeauftragter als Schutzengel zur Seite. Ich nehme es zur Kenntnis und denke, ohne diese Tatsache zu bewerten: "Nützt er nichts, so schadet ein Schutzpatron sicher nie."

Ich knie mich also rein und funktioniere Schritt für Schritt besser. Die Automatismen greifen zunehmend mit jedem weiteren Handgriff.

Petflaschen, Papierfetzen und anderen Unrat zusammen räumen. Es gibt kaum Etwas, das nicht vor, hinter oder unter dem Klo zu finden ist.

Fehlende Klo-Rollen ersetzen, Handpapier und Seife auffüllen. Die Kloschüssel von störenden Rückständen freischrubben und Klo-Brillen entschlacken. Auf, unter und zwischen dem Deckel verbergen sich kleine und gröbere Kostproben, was von Freund Anus und Blasius ausgesondert wurde.

Das Pissoirbecken in den Urzustand zurücksetzen, welches In- und Outside von unschönen Laufspuren bedeckt ist.

Auch das Lavabo wartet auf die Befreiung. Zahnpasta, Druckertoner, Kaffeesatz und andere undefinierbare Flecken bedecken das ursprüngliche Weiss des Waschbeckens.

Der darüber hängende Spiegel zaubert, im momentanen

Zustand, Pickel in allen Farben auf jedes darin erscheinende Gesicht. Ein weicher Lappen mit etwas agressivem Reinigungssaft, schafft Abhilfe. Mein Antlitz blinzelt mir wieder klar und zufrieden entgegen.

Die Wände warten als Nächstes auf den guten Putzgeist. Irgendein Spassvogel wollte zum Poëten wachsen und versuchte mit seiner Dichtkunst, die Massen zu begeistern. Verständnis- und ebenso gnadenlos schrubbte ich die doofen Sprüche von der Leinwand. Filzstifte hinterlassen aber immer eine unansehnliche Narbe auf den Untergrund.

Zum Schluss ein dringend nötiger Aufwasch des Fussbodens. Von den vielen Nutzern arg strapazierte Fliesen und Fugen mit Schuhsohlen- und Urinspuren luden nicht unbedingt zum Besuch ein.

Dann ist diese erste Etappe erfolgreich geschafft. Jetzt einmal kurz durchatmen… und dann sofort mit frischem Elan zum nächsten Klo.

Von winzig kleinen, aber gemeinen Spielverderbern…

Der Toilettenraum war gereinigt. Der Boden glänzte noch vom nassen Lappen, der den Schmutz von Schuhen und Lavabospritzern aufgenommen hatte. Die Wände spiegelten von den altrosa gefärbten Kacheln. Alles zum Besten. Der erste Kacker kann kommen und sein dringliches Morgengeschäft verrichten. Dann also auf zum nächsten Schlachtplatz.

Die Arbeit ging mir heute locker von der Hand und die Stimmung war gut, trotz den täglich kleinen und grösseren Unannehmlichkeiten, die unausweichlich schienen.

Zweiundneunzig, dreiundneunzig, vierundneunzig und fertig. Das wars wieder einmal für einen Tag.

Reinigungswagen entleeren, die schmutzigen Putzlappen in die Waschmaschine stopfen, leere Flaschen auffüllen mit Entkalker und anderen Wundermitteln – und dann ab in den Feierabend.

Denkste! Aus dem Chef-Büro kommt eine Reklamation auf mich zu. "Im Herren-WC, Kern X, 2.Etage ist nicht sauber und ordnungsgemäss gereinigt worden. An der Wand, neben dem Pissoir ist irgend etwas Unreines übersehen oder vergessen worden."

Kann jedem Putzprofi passieren – darf es aber nicht! Die Klo-Kundschaft ist teilweise echt pingelig und übersieht kein Detail. Zeit genug bleibt schliesslich jedem

Scheisser, um die eingegrenzte Umgebung mit Adleraugen zu kontrollieren, ausser er ist mit dem Studium der Financial Time oder dem Playboy beschäftigt.

Egal wie schweinisch sich dieselben am "stillen Örtchen" austoben, das Recht auf perfekte Reinheit steht ihnen schliesslich zu. Basta!

Also ab zum Ort des Grauens. Und wer sagts? Tatsächlich – der Übeltäter, die Katastrophe präsentiert sich in voller Pracht.

Nach kurzem, aber intensivem Suchen mit Lupe und meinen Adlerblick entdeckte ich den Miesling auf einer Wandkachel, direkt neben dem Pissoirbecken.

Mir stockte der Atem. Erschrocken schlucke ich dreimal leer, lasse das Objekt der Begierde aber nicht aus den Augen. Diese Frechheit wollte ich mir nicht bieten lassen. Wer sich mir entgegenstellte, musste damit rechnen, dass ich mit allen Konsequenzen und Härte durchgreiffe.

Nun gab es keine Zurückhalten mehr. Der hinterlistige Eindringling war zu weit gegangen und hatte meine Grosszügigkeit ganz offensichtlich überschätzt.

Entschlossen griff ich zum roten Reinigungstuch und wischte das gemeine, fünfmillimeter lange, dunkle Schamhaar brutal von der Wand.

"Wer sich mit mir anlegen will, muss schmerzhaft bluten", zischte es aus meinen Mundwinkeln.

Ein kurzer Rapport von der erfolgreichen Aktion nach dem gemeldeten Übeltäter, rundete die Aktion schliesslich zu aller Zufriedenheit ab.

Eine Schlacht war geschlagen, doch der Krieg nicht gewonnen, denn Millionen von Schamhaaren werden in Zukunft zum Gegenangriff bereitstehen, um ihren Genossen oder Genossin zu rächen.

Spielecke Klo...

Das Klo wird immer häufiger gerne auch als Spielecke benutzt. Nicht etwa von Kindern. Nein – alle Alters- und Berufsgruppen nutzen das Freizeitangebot auf dem miefenden Spielfeld.

Und die Spielevarianten sind umfangreich. Der Fantasie sind keine Grenzen gesetzt. "Ein bisschen Spass muss ja schliesslich auch sein", sagte in der Vergangenheit schon Albrecht Wenzel Eusebius von Wallenstein. Er muss es wissen, schliesslich war er die beherrschende

Persönlichkeit in der ersten Hälfte des 30jährigen Krieges und sammelte reichlich Erfahrung, auf den legendären Latrinen.

Das Rollen-Spiel treibt die Kreativität zu ungeahnten Variationen an. Die Zutaten sind alle vorhanden. Nur die Unterhose muss jeder selber mitbringen, aber die trägt man eh schon bei sich. Und wenn diese – aus welchem Grund auch immer – unschöne Spuren in sich trägt, dann einfach ab in die Klosschüssel.

An der Wand hängt das ideale Werkzeug bereit. Die weiche Papierrolle eignet sich bestens, zum Nachstopfen. Sonst gibt es nasse Hände. Das will ja schliesslich keiner. Dann bietet sich ein Besen an, der neben dem Klo steht. Damit lässt sich die nun durchtränkte Papierrolle kräftig nachstossen. Über den tatsächlichen Sinn und Zweck der kleinen Bürste, wird auf einer der folgenden Seiten näher eingegangen.

Nun ist die Arbeit getan und mit freudiger Erwartung darf auf das Ergebnis des Ablaufverschlusses gewartet werden. Ein- oder besser zweimal die Wasserspühlung betätigen und dann nichts wie raus aus der Kabine.

So unauffällig wie möglich vom Ort des Grauens entfernen und exakt darauf achten, dass ich nicht beobachtet werde. Sollte es trotzdem zu einer unverhofften Begegnung kommen, dann einfach freundlich, aber nicht übertrieben lächeln.

Spielarten mit der Klo-Rolle gibt es noch in vielen, lustigen und amüsanten Variationen.

Zuerst die Rolle etwas abwickeln, dann die Zeigefinger der linken und rechten Hand in die Kartonhülse stecken.

Nun lässt man das lose abgewickelte Papier in die Kloschüssel hängen und los geht der Spass. Auf die Spühlung drücken und das Wasser rollt das Papier spielend-locker von der Kartonhülse. Unterhaltung pur, wenn man zusehen kann, wie sich die Rolle auf den Fingern dreht und der Umfang immer kleiner wird.

Das Ziel ist erreicht, wenn das Spülwasser zu Ende geht, das Abflussrohr die Papiermenge nicht mehr schlucken mag und die Kartonhülse den Deckel zu macht.

Jetzt müsste man nur noch den Hausmeister heimlich beobachten können. Seine Reaktion und seine Kommentare wären das absolute Tüpfelchen auf dem i.

Andere Witzbolde bevorzugen spassige Unterhaltung mit der triefenden Klo-Rolle? Voraussetzung für diese Spielart sind allerdings grössere Klo-Anlagen. Zwei, drei, vier oder mehr Kabinen in einer Reihe.

Der Akteur benutzt zum Beispiel die Erste in der Reihe. Ungestört und friedlich vor sich hindösend, verrichtet er das ihn quälende Geschäft.

Doch dann wird er plötzlich in seiner Ruhe gestört. Die Tür in einer Nachbarkabine wird zugeklappt.

Verärgert nimmt er zur Kenntnis, dass er nur noch lautlos

sein Geschäft verrichten kann. Das ärgert und beleidigt ihn natürlich massiv und er will die Störung nicht ohne Reaktion auf sich sitzen lassen.

Diese Tatsache kann er nicht einfach ignorieren. Eine heimtückische Idee reift blitzschnell. Er zieht die Hose hoch, natürlich erst nachdem er sich den Hintern gründlich abgewischt hat.

Und dann "Äggschen" vom Feinsten: eine Klorolle in die Schüssel stecken – gut tränken, Kabinentür öffnen und Feuer frei.

Der triefende Papierklumpen fliegt über die Trennwände und landete in der hintersten Kabine. Wüstes Gefluche und böse Kommentare, begleitet von lautem Rumpeln dringen aus dem kleinen, engen Raum. Die Freude und der Spass des Attackierten hält dich in Grenzen.

Volltreffer! Ziel erreicht. Jetzt aber nichts wie weg aus der Gefahrenzone. Es muss kaum erwähnt werden, dass der Rückzug in geordneten Bahnen erfolgen sollte – ohne Aufsehen und unerwünschten Begegnungen.

Ein klatschnasses, tobendes Opfer bleibt zurück und die Aussicht auf wutentbrannte Gesichtszüge der Putzequipe, wenn diese am nächsten Morgen die wüste Bescherung entdeckt. Der Reinigungseinsatz beschränkte sich nach solchen Aktionen nicht auf Böden, Schüsseln und Lavabos. Der komplette Raum liegt nun im Argen. Decke, Wände, Spiegel und Türen benötigen ein Vollbad.

Toppen lässt sich der Spass, wenn sich in der Schüssel nicht nur Wasser zum Füllen der Papierrolle anbietet. Festes Material erhöht den Effekt um ein Vielfaches.

Eine andere Spielvariante erfreut sich wachsender Zahlen von Liebhabern. Das Klodeckel-Zertrümmern ist im Vormarsch und könnte sich zum Klo-Event der Zukunft entwickeln.

Ob es daran liegt, dass der stressige Arbeitsplatz den Abbau von negativen Emotionen verlangt oder ob grossflächig bekannt wurde, dass es bereits eine Meisterschaft im Klodeckel-Zertrümmern gibt, ist nicht zu belegen.

Laut Medienberichten existiert aber tatsächlich ein Weltrekord im Toilettendeckel zertrümmern. Weltmeister mit fünfzig Klo-Deckeln in sechzig Sekunden ist zur Zeit ein Deutscher. Der Wettkampf wird nicht mit Hammer oder ähnlich schwerem Gerät ausgetragen, sondern mit der blossen, weichen Birne. Also im wahrsten Sinne des Wortes – mit Köpfchen.

Applaus, Applaus, für dieses harte und hohle Germanenhaupt!

Bis zum heutigen Zeitpunkt blieb es mir verwehrt, einen dieser Kampfsportler überraschend beim spontanen Trainingseinsatz oder gar im Ernstkampf zu beobachten. Nicht auszumalen, was für eine Spielart ich mir einfallen lassen würde, um solche Wettkämpfer zu stoppen. Spassig dürfte eine solche Reaktion aber kaum ausfallen.

Distanzpissen im Herren-Klo...

Erfahrungsgemäss ist diese Wettbewerbsdisziplin noch in den Kinderschuhen. Die Ergebnisse sind täglich auf jedem Klofussboden sichtbar. Womit ich den Spassfaktor bei den Wettkämpfern nicht bezweifeln will. Den Ehrgeiz des Einzelnen schon gar nicht. Weit, weiter, am Weitesten. Welcher Mann will da schon hinten anstehen? Trotzdem hält sich mein Verständnis in Grenzen.

Abgesehen vom Zustand der Plattenböden und den geplagten Fugen, die im Aussehen nicht gewinnen können.

Die hellgraue Farbe verändert sich täglich mehr zu einem unansehnliches Gelb, trotz Einsatz von agressiven Reinigungsmitteln und grobem Bürstenzeug.

Und die Fläche wird immer grösser. Die Weitenversuche gehen Schritt für Schritt von der Zielpissoir-Schüssel zurück. Die Trefferquote aber bleibt wie immer ungenügend.

Überschätzung nennt man dies im Fachjargon. Vermutlich gehört diese Eigenschaft zur männlichen Spezies, wie das Ei zum Huhn. Dabei wäre doch auch diese Spielart rechnerisch voraussehbar. Eigentlich logisch, denn das Abschussrohr bleibt in der Länge unverändert und das Zielobjekt wächst dem Kampfpisser auch nicht entgegen. Nur der Spassfaktor vergrössert sich – zum Leidwesen des Klomannes.

Von blutrünstigen Tampons, schlüpfrigen Surfbrettern und andern Slipbeilagen...

Ein schier unerschöpfliches Thema. Zwangsläufig habe ich mich mit der Geschichte der weiblichen Intimeinlagen beschäftigt. Auf diesem Weg hoffte ich einen Ausweg aus der Misere mit dem RobiDog zu finden. "RobiDog" ist eine Bezeichnung für die Hygienabox, die in vielen Damen-Klos zu finden ist und der Aufnahme von nicht ganz angenehmen, intimen Utensilien dient.
Im Gegensatz zum RobiDog, scheint der Umgang des Menschen (sprich Frau) mit diesem zweitgenannten Gerät, etwas lockerer zu sein.

Aber zunächst eine kurze Einführung in die verschiedenen Produkte, die dem Markt bereichern und die Putzequipen in den Klos oft masslos ärgern.

Das Surfbrett, ein Nachfolger der legendären Binde, ist technisch massiv aufgerüstet worden und bietet heute ein fast perfektes Abwehrmittel gegen feuchte Slips, Dabei ist es eigentlich egal, um welche Ausscheidungen der weiblichen Organe es sich handelt. Das Handling solcher HighTech-Produkte ist fast bis zur Perfektion entwickelt worden. Haftmöglichkeiten für den Halt im heissen Damenslip wurden ebenso verbessert, wie die Entsorgungsmöglichkeiten.

Nur werden gerade diese schlecht genutzt. Statt zusammengerollt, mit der Haftseite nach innen natürlich, versuchen die ehrenwerten Damen das gute Stück offen in den Schlitz der Hygabox gleiten zu lassen. Dabei bleiben die Dinger schon im Einwurfbereich hängen, fangen alles Nachfolgende auf und versperren so natürlich auch den Weg zum Boden des Auffangsackes.

Das Resultat ist absehbar: Bei der Leerung der Box, fällt die ganze Sause über Hände und Arme der Reinigungsfach-Person, was diese natürlich masslos ärgert und vermutlich noch schlimmer ekelt.

Der ordinäre Tampon, dessen Geschichte weit zurück reicht, ist kaum mehr vom Markt wegzudenken.

Auf Wikipedia erfährt man: Der französische Begriff

Tampon bezeichnet in der deutschen Sprache häufig einen länglich gepressten Watte- oder Mullbausch, welcher zur Aufnahme von Flüssigkeiten dient. In unserer Umgangssprache also ein Propf oder Stöpsel.

Ägyptische Inschriften lassen darauf schliessen, dass bereits zu pharaonischer Zeit eine Art Tampon aus weichen Papyrusblättern benutzt wurde. Im fünften Jahrhundert v. Chr. schon erwähnt der griechische Arzt Hippokrates Tampons aus mit Stoff umwickelten Holzstückchen.

Die Geschichte ist damit kurz gestreift.

Die Auswirkungen deren Anwendung dürfte aber weit mehr Kopfzerbrechen erzeugen, was an der weiblichen Anwenderschaft liegt.

Ich – und Klomann?...

Eigentlich war es für mich immer undenkbar gewesen, irgendeine Tätigkeit im Klo auszuüben.

Ich wollte nicht in die Galerie eingereiht werden, die sich

in meiner Phantasie festgesetzt hatte. Klo-Bedienstete sehen zumindest aus wie der bucklige "Glöckner von Notre Dame" oder die böse Hexe aus "Hänsel und Gretel", die schlurfend ihre Pantoffeln über die schmutzigen Bodenfliessen schleift.

Mich schauderte jeder Gedanke an solche Bilder und die gemachten Erfahrungen trugen auch nicht gerade zum Abbau dieser Vorurteile bei.

Dabei kommt ungewollt ein tiefgehendes Erlebnis in Polens hoch. In einem grossen Park mitten in der Hauptstadt Warschau, drückte mich ein unbedingtes Müssen, das schnellstmöglich befriedigt werden wollte. Ein öffentliche WC-Anlage bot sich glücklicherweise per Hinweistafel an. Eine lange Treppe führte in tiefere Regionen. Dabei kündigte sich das Ziel bereits auf den ersten Stufen an und die Augen brannten mit jeder weiteren Stufe auf höherem Niveau. Die Erklärung zeigte sich dann in voller Pracht. Von der drittletzten Stufe bot sich der Anblick einer Mischung zwischen Jauchegrube und Miststock. Ein Betreten der seltsamen Kultstätte hätte Stiefel, Gasmaske und Rettungsboot vorausgesetzt.

Ohne langes Überlegen und Abwägen zwischen "ich muss unbedingt" und "ist dieser Ort dafür geeignet", zog ich mich freiwillig zurück und suchte raschmöglichst mein Hotel auf. Gewisse Ansprüche stellte nun einmal bei solch niedrigen, menschlichen Bedürfnissen.

Ein Klobesuch ist kaum, oder zumindest selten freiwilliger Natur. Ein Bedürfnis drängt uns dazu und diesem ist selten zu entrinnen.

So werden wir alle zu potenten und mehr oder weniger regelmässigen Besuchern solcher Einrichtungen. Eine Autobahn-Raststätte zum Beispiel, eine Bahnhof-Bedürnisanstalt oder das kleine Häuschenklo auf einer Grossveranstaltung.

Letzteres ist besonders empfehlenswert, wenn es im grossen, freien Feld und zudem im Dauerregen steht.

Vielleicht beim grossen Bierfest auf der Wiese in der Nähe des Waldes.

Und… und… und… Herrlich! – wie die Phantasie bei solchen Gedankengängen Purzelbäume schlägt.

Allein die Vorstellung, in den Kloschüsseln den Besen zu rühren, um fremden Dreck wegzuwischen, kam bei mir schlecht an.

Und dann auch noch die Klobrille und den Deckel abzuwischen, die Bodenkacheln vor der Schüssel aufwaschen und zu guter Letzt das Pissoir reinigen, das in seiner Ganzheit verpisst ist – nie und nimmer.

Zum Dessert die Hygaboxen im Damen-WC leeren und als absoluter Höhepunkt das komplett verstopfte Abflussrohr wieder frei machen. Buuhh!

Für solche Arbeiten haben wir unsere Gastarbeiter aus dem Süden. Die sind eher an Scheisse gewohnt – benutzen in ihrer Heimat noch die alten Plumps- und Stehklos, oder lassen die stinkigen Abwässer einfach ins Meer oder den nächsten Fluss abfliessen.

Nicht dass ich fremdenfeindlich bin, aber für die ist solche Scheisse doch der Alltag.

Ich war mir natürlich bewusst, dass diese Gedanken bösartig und unangebracht sind.

"Irren ist menschlich." So erlebte auch ich die tiefe Wahrheit, die in diesen weisen Worten steckt.

Niemand zwang mich dazu – ich habe aus eigenem Antrieb entschieden. Und schon steckte ich mitten drin. Vom Schreibtisch mit den bunten Filzstiften, Kugelschreibern, dem trendigen Apfel-Mac und dem unbefleckten, weissen Papier, das irgendwann mit coolen Ergüssen meiner kreativen Arbeit aus dem Drucker rutschten.

Freiwillig, aber vielleicht auch etwas naiv, glaubte ich den ruhigen Job für meine letzten Jahre in der Arbeitswelt gefunden zu haben.

"Irrtum – sprach der Igel und sprang vom Kaktus," hätte mein Vater wohl gesagt, wenn er es noch erlebt hätte.

Ich landete auf dem Boden der Tatsachen und musste mir eingestehen, dass mein Menschenbild mit der Realität wenig Gemeinsamkeiten aufwies.

Eigentlich will ich gar nicht jammern. Nach einigen Startschwierigkeiten habe ich mich im Laufe der Zeit allmählich an Vieles gewöhnt. Manchmal denke ich sogar, dass ich endgültig bei den Menschenkindern angekommen bin.

Vielleicht haben mich auch die nostalgischen Erinnerungen an die Babyzeit meiner drei Söhne teilweise mit der Scheisse versöhnt.

Was haben sich die kleinen Knirpse für Überraschungen einfallen lassen. Ich habe die Bilder noch nicht aus dem Speicher gelöscht, als die Holztäferwand im Kinderzimmer fein säuberlich ausgefugt war. Natürlich mit dem Inhalt der Windeln. Ein lustiger, aber auch ziemlich penetrant riechender Umstand. Ganz zu schweigen vom Riesenaufwand der unausweichlich nötigen Reinigung.

Heute – fünfundvierzig Jahre später – eine ulkige Geschichte zum Todlachen.

Bei den Recherchen zu diesem Buch, bin ich auf unzählige Beiträge gestossen, die ein farbiges und eindrucksvolles Bild des Klo-Mannes ergeben. Achtung und Stolz an eine Berufssparte sind damit gewachsen haben mir eine neue Sicht der Dinge verpasst.

Ein Tummelplatz für Mensch, Höhlenbewohner, Gozilla und andere Darmträger...

Bis das moderne Klo der heutigen Zeit stand, vergingen Jahrhunderte. Die Geschichte geht weit zurück.

Donnerbalken oder Plumpsklo, Latrine, Abortkübel oder Bergmannsklo, 00 und WC sind auf diesem Weg gekommen und gegangen.

Gemeinsam haben aber alle die unangeneme Aufgabe, menschliche Ausscheidungen aufzunehmen.

Wer übermässig gefressen hat, entledigt sich der der drükkenden Darmlast auf dem Klo. Wer über den Durst gesoffen hat, übergibt die Restflüssigkeit, die unangenehm im Magen dümpelt und Gleichgewichtsstörungen verursacht, der Porzellanschüssel.

Die Speisereste unserer Küche wandern – fälschlicherweise wie man heute weiss – ins legendäre Loch und der Putzkübel entleert sich ebenso locker in die verborgene, unsichtbare Kanalisation.

Es gibt kaum ein Abfallprodukt, das dem Rohr unbekannt geblieben ist. Unterhosen, T-Shirts, Haarbürsten, die Zigarettenpackung und Feuerzeug vom entnervten Ex-Raucher, das zerknüllte Pornomagazin vom schamvollen Mösenbetrachter, Brotschnitten vom liebevoll zubereiteten Pausensnack der Mutter, Äpfel, Birnen, Orangen und Bananen.

Die Klobenutzer haben viele Gesichter und manch einer eher eine Fratze. Gerne verliert der Mensch auf dem verborgenen Örtchen, sein wahres Gesicht. In der Abgeschlossenheit kann endlich die Maske gelüftet werden, die unsere Zivilisation verlangt.

Gedankenlos wird eine vermeintliche Kultstätte zur Müllgrube unserer Zivilisation.

Die Klo-Rolle...

Das Klopapier, auch als WC-oder Toilettenpapier bezeichnet, ist ein zur einmaligen Verwendung gedachtes Papier zur Reinigung der Ausscheidungsorgane nach dem Stuhlgang und – vorwiegend bei weiblichen Anwendern – nach dem Harnlassen.

Nicht übersehen werden sollte der Hinweis: "zur einmaligen Verwendung…"

Soweit die fachliche Erklärung zur hilfreichen Papierrolle.

Sie ist ein wichtiger Bestandteil der vielen Utensilien, die unser Geschäft auf dem "stillen Örtchen" begleiten und das Leben erleichtern.

Ich habe noch jene Zeiten erlebt, als die besagte Reinigung mit dem legendären Zeitungspapier anstand. Bis 1980 zerschnitt man die grossen, bedruckten Seiten in handliche Blätter, lochte einen solchen Stapel an einer Ecke und hängte ihn mit einem Bindfaden an einem Nagel auf. Wobei unbedingt darauf geachtet werden musste, dass diese kleinen Blätter nicht allzu handlich wurden.

Allzuleicht rutschte man mit den Fingern neben das Papier und holte sich unübersehbare und übelriechende Spuren seines Handelns. Als Alternative gab es nach oben offene Holzkästchen, die an der Wand angebracht wurden und mit dem passend geschnittenen Zeitungspapier gefüllt wurden.

Kratz- und Farbspuren blieben oft zurück, denn die Zeitungsindustrie nahm keine Rücksicht auf die sensible, feine Pohaut. Jeder einzelne Benutzer musste selber darauf achten, nicht die agressivsten Artikelfetzen beim Abwischen zu verwenden. Die Druckerschwärze war dabei das kleinere Übel. Sie blieb irgendwann in den Unterhosen zurück und wurde beim nächsten Waschgang wieder weggespült.

Keine der Wischformen und -methoden der Vergangenheit darf als menschenunwürdig, abartig oder brutal bezeichnet werden. Alles passierte der Zeit entsprechend, auf natürliche Weise.

Nur eine dieser Reinigungsarten bleibt mir fast im Hals stecken, bzw. werden meine Finger beim Tippen auf der Tastatur merklich zurückhaltend: Vor der Papier-Epoche wurde auch lebendes Federvieh benutzt, um den Ar… abzuwischen.

Kaum auszudenken in unserer heutigen, modernen Welt. Das erbärmliche Gegacker in der engen Klo-Kabine oder das verzweifelte Geschrei, wenn das geplagte Federvieh zum Angriff auf die leicht verletzbaren Eier bläst.

Ganz abgesehen von der Zusatzarbeit für die Reinigungs-Equipe. Die Federn oder Daunen sind zwar leicht im Gewicht, aber schwierig wegzuräumen.

Ob diese Epoche, bei der Namensfindung der WC-Ente eine Rolle spielte, ist nirgens schriftlich niedergelegt. Alle Recherchen in diese Richtung blieben ohne Resultat. Über diese, weltweit verbreitete, Kultflasche wird in einem separaten Kapitel näher eingegangen.

Aber nun haben wir unsere hautfreundliche Rolle – zwei-, drei-, vier- oder sogar fünflagig. Mit mehr oder weniger originellen Motiven bedruckt. Der ganz eitle und feine Pinkel erlaubt sich, Papier mit persönlichem Monogramm zwischen die Po-Backen zu klemmen.

Die Auswahl der Lagenzahl ist stark abhängig von der Länge der Fingernägel, die dem Papieranwender gewachsen sind. Das neue, angenehme Papier ist zwar ziemlich reissfest, aber nicht unbedingt stechsicher.

Hygiene-Fachleute meinen, dass mit der Einführung der neuen Reinigungsmethode, der Hämoroidenwuchs frappant abgenommen hat. Also auch aus medizinischer Sicht ein begrüssenswerter Erfolg. In der Öffentlichkeit werden sich weniger Menschen im Roheiergang fortbewegen. Unser Strassenbild ist also in optischer Hinsicht deutlich aufgewertet worden.

Ein weiterer – nicht zu unterschätzender Vorteil – bietet die Rolle auch auf Reisen. Sie lässt sich locker im Koffer, Rucksack oder sogar in der Damenhandtsche wegstecken Somit muss sich der Wanderer nicht mehr auf die mühsame Suche nach Farnblättern machen, wenn der Darm schon kräftig drückt. Und der Reisende ist in jeder Flughafen-Toilette bestens gerüstet, falls der Vornutzer die eigentlich vorhandene Rolle in seinem Gepäck verschwinden liess – im Hinblick auf die bevorstehendte Afrika-Safari.

Zu verdanken haben wir das perforierte Toilettenpapier auf Rollen, wie wir es heute kennen, der 1880 entstandenen British Perforated Paper Company. 1890 stellte die Scott Paper Company Toilettenpapier auf Rollen her. Ein Segen für alle geplagten Po's dieser Welt.

Nicht zu vergessen, der Klorollen-Halter. Ohne dieses raffinierte technische Zubehör, läge die Klorolle wie ein Fisch ohne Flossen in der Toilette. Er ermöglicht es erst, vom neuen Format zu profitieren. Ein leichter Zug am Papieranfang, und schon liegt das Objekt der Begierde in meiner Hand. Mit etwas mehr Schwung beim Ziehen, lässt sich fast die ganze Kugel ohne Anstrengung abrollen.

Das ermöglicht dem Klobesucher, die ganze Kraft auf das Kerngeschäft zu konzentrieren. Ein willkommener Luxus in unserer stressigen Welt.

Eigentlich ist das Klopapier ein nebensächlicher Gegenstand im Leben der Menschheit. Aber – Hand aufs Herz: was wäre, wenn dieses Kleinod uns nicht zur Verfügung stünde?

Eine riesige Industrie profitiert auf dem Markt von unserem körperlichen Hinterteil. In Deutschland wird im Jahr über eine Milliarde Euro umgesetzt. Eine stolze Summe für ein Produkt, das nach dessen Verwendung auf Nimmerwiedersehen weggespühlt wird.

Mein ganz persönlicher Favorit ist das fünflagige, kuschelweiche "Happyend deluxe". Ein Klopapier, bei dem nichts schief gehen kann. Vorausgesetzt, die Fingernägel sind kurz geschnitten.

Die Klo-Brille...

Dieses Kapitel steht in keinem Zusammenhang mit der Optikerbranche wie Fielmann, McOptik, Visilab und Konsorten.

Die Klo-Brille, auch WC- oder Toiletten-Brille sowie in der Fachsprache Sitzring genannt, ist eine meist hochklappbare Sitzfläche für die Toilettenschüssel in Form eines Ringes. Klo-Brillen werden meist aus Kunststoff oder lackiertem Holz gefertigt, da diese Materialien hautfreundlich, abwaschbar und stabil genug sind. Metall wird eher selten verwendet. Warum? Ich denke, dass mir auf einer Metall-Klobrille der Arsch abfrieren würde.

Der Sinn der Klo-Brille ist, direkten Hautkontakt mit der als kalt empfundenen Keramikschüssel zu vermeiden und ausserdem die Sitzfläche zu vergrössern. Raffinierte Überlegungen, wie ich meine.

Die Klo-Brille wird meist als Funktionseinheit mit einem Deckel zum Schliessen der Schüssel ausgeliefert. Der Deckel hebt vor allem den Überraschungseffekt beim Betreten des Klos. Erst beim Öffnen des Deckels präsentiert sich die ganze Hinterlassenschaft meines Vorbenutzers. Oder ich werde überrascht durch blitzblanke Keramik. Ich tippe allerdings auf die erste Variante. Trotzdem rate ich: "Glaub an das Gute im Menschen!" Soviel zur technischen Erklärung der Klo-Brille.

Alles im Detail durchdacht – denkt sich der Laie. Aber Vorsicht, vor voreiligen Schlüssen. Die Klo-Frau und der Klo-Mann kann diese Meinung nicht vorbehaltlos teilen. Sie stehen Tag für Tag an vorderster Front – mit Klos und deren Brillen Aug' in Aug'. Da wird die Geschichte geschrieben, so wie sie sich in Wirklichkeit abspielt. Viele Fragen werden aufgeworfen und die dazugehörigen Antworten bleiben oft aus. Meistens bleiben nur unbefriedigende Vermutungen zurück:

"Wie kommt es, dass die Spuren von Stuhl und Urin unter der Brille liegen und nicht in der Schüssel?"

Wenn man sich den Ablauf eines Klobesuchs vorstellt, kann ein solches Ergebnis gar nicht eintreten. Der Benutzer sitzt mit seinen mehr oder weniger fetten Pobacken auf der Klo-Brille. Das Geschäft fällt, schon wegen der allseits bekannten Erdanziehungskraft, nach unten. Fertig.

Bis heute ist nicht bekannt, dass Scheisse eine Rolle und einen zusätzlichen Salto dreht, um schliesslich in die vorgesehene Richtung zu fallen.

Wie der Verrichter auf dem Klo sitzen müsste, um ein solches Ergebnis zu erzielen, ist schwer konstruierbar.

Erinnerungen an die Fernsehsendung "Supertalent" schiessen mir durch den Kopf. Da war doch diese Schlangenfrau – in der Fachsprache Kontorsionistin – die ihre furchteregenden und faszinierenden Verrenkungen auf der Mattscheibe präsentierte. Eine Akrobatin, die ihren Körper auf Grund von jahrelangem Training extrem verbiegen kann. Kann sein, muss aber nicht. Grübeln bringt auch keine Lösung.

Solche Kontorsionisten sind doch eher eine Minderheit. Sie bevölkern bestimmt nicht in Massen unsere Klos.

Die naheliegendste Antwort ist also, dass ein unkontrollierbarer Prozess im Magentrakt stattfand, der in einem explosiven Austritt aus dem Darm endete. Damit liessen sich die Spuren unter der Klobrille erklären, aber immer noch nicht beweisen.

Die Klo-Bürste...

Welche Bezeichnung die Toiletten-Bürste oder der WC-Besen auch trägt, sie bleibt das Klo-Accessoir, dessen Anwendung nie exakt genug definiert wurde.

Ein eigentlich geniales Werkzeug wurde von einem pfiffigen Tüftler entwickelt. Allein die richtigen Worte fehlten ihm aber, der Menschheit die Verwendung seines Produktes im Detail zu erklären.

Manch einer steht ehrfurchtsvoll vor dem Gerät, während die Phantasie sein Gehirn verwirrt, weil ihm das Ding unbegrenzte Möglichkeiten der Verwendung anbietet. Bürsten gibt es schliesslich für alle Lebenslagen. Ausserdem kann ich nicht unbedingt nachvollziehen, was sich der Designer beim kreiiren einer Bürste überlegt. Sind ja Künstler, diese Designer – und Künstler gelten nicht unbedingt als ganz normal tickende Kreaturen.

Woran denke ich, wenn ich meinen buschigen Schnauzbart sehe – oder unschöne, gelbliche Beläge auf meinen Zähnen feststelle? Eine attraktive Dame sieht ihre zerzausten Augenbrauen oder die kreuz und quer abstehenden Wimpern?

Und das alles, beim Blick in den Toiletten-Spiegel. Obwohl ich doch eigentlich nur meine Notdurft verrichten wollte. Ich weiss aber, dass das Spiegelbild im Klo nicht lügt.

Ausser – ich bin Brillenträger und habe meine Gläser nicht sauber genug poliert.

Also, erwarte ich von jedem Gebrauchsgegenstand, eine gedruckte Anleitung. Es muss nicht unbedingt ein ganzes Buch sein, wie es meinem Handy beigepackt war.

Nach dessen Lektüre war ich nämlich derart verwirrt, dass ich zwischen telefonieren, fotografieren, diskutieren und kommunizieren nicht mehr unterscheiden konnte. Als der erste Klingelton das Gerät verliess, hielt ich das

Objektivauge ans Ohr und den ersten Schnappschuss, versuchte ich über das Mikro einzufangen. Beides ging schief und blieb ohne das gewünschte Ergebnis.

Ich weiss von einem befreundeten Paar, dass sie nach dem Versuch, ein DVD- Gerät in Betrieb zu nehmen, kurz vor der Scheidung stand. Trotz einer umfangreich dokumentierten Anleitungsbroschüre in Wort und Bild kamen sie nicht in den Genuss, den Untergang der Titanic mitzuerleben. Mit dem Vorteil, dass die Taschentücher trocken blieben.

Das Gerät steht noch immer in der Putzgerätzekammer und wartet auf den nächsten Staubsaugervertretzer, der vielleicht erklären kann, wie und welcher der Staubsäcke eingelegt werden kann und wo denn eigentlich. Ich jedenfalls, wünsche meinen Freunden noch viele unterhaltsame Fernsehstunden mit ihrem DVD-Gerät und eine lange, glückliche Ehe.

Für den Klo-Besen wünsche ich mir eigentlich nur ein paar wenige, aber einfach verständliche Hinweise oder klar formulierte Handgriff-Tipps würden schon genügen. Nicht für mich. Als Fäkalien-Profi weiss ich, mit solchen Geräten umzugehen.

Aber ich befürchte, dass es den Klo-Besuchern und Endnutzern am nötigen Know-how fehlt.

Der Klofrau und der Klomann jedenfalls werden sich ohne Zweifel freuen, wenn sie – trotz intensiver Suche – keine

Spuren in der Keramikschüsseln mehr finden. Und für den Nachfolger auf dem stillen Örtchen wäre es ein Augenschmaus der besonderen Art.

Der Anwender tut sich dabei auch nichts Böses an. Bewegung hat noch nie geschadet und das Schrubben mit dem Klo-Besen stärkt zudem gleichzeitig die Arm- und Rückenmuskulatur. Was wiederum bedeutet, dass ein gewisses Sparpotential in der Sache liegt, denn die vermeintzlich sinnlose Tätigkeit erspart den Gang zum Fitnesscenter.

Erwähnenswert wäre zudem, dass die Zahnbürste sich angenehmer im Mundbereich anfühlt und die Schnauzbürste keine unangenehmen Rückstände in einem perfekten Gesichtsschmuck hinterlässt.

Schlussendlich wird niemand der Tatsache widersprechen, dass es der eigene Dreck ist, den jeder auch selber wegräumen, bzw. wegbürsten sollte!

Für die Klo-Bediensteten gehört der WC-Besen natürlich zum täglichen und unverzichtbaren Handwerkzeug.

Spuren bleiben im Keramik immer wieder zurück. Dazu gehört Kalk genau so dazu wie die gelbliche-braunen Urinsteinflecken, die so schwer zu entfernen sind. Nicht zu vergessen, die braunen Spuren, die ein Jeder in der Schüssel hinterlässt, aber nur Wenige wegwischen.

Mit dem Klo-Besen eine Kleinigkeit – möchte ich diese gewagte These kommentarlos bestätigen.

Seife und Handpapier...

Den Abschluss im Angebot der Hilfsmittel eines Klo-Bediensteten bilden der Seifen- und der Handpapier-Spender. Zwei wichtige Komponenten zur gründlichen Reinigung der oft stark beanspruchten Hände im menschlichen Entlastungsritual.

Denkt man sich – eigentlich! Irren ist menschlich. Meine Erfahrungen malen ein anderes Bild.

Vielleicht liegts am Geschmack oder die Farbe der Flüssigseife spricht die Menschen nicht an. Der Seifenkonsum ist mässig bis gering.

An der Bedienung des simpeleinfachen Spenders, kann es kaum liegen. Ein einfacher Knopfdruck genügt und schon träufelt die notwendige Menge vom Desinfektant auf die Haut unserer Greifer.

Ein paar lockere Bewegungen der aufeinander kreisenden Hände lässt die bösartigen, bakteriellen Keimlinge vernichten. Zwei oder drei Blatt vom angenehm weichen Handpapier befreien uns vom störenden Nass.

Dem nächsten Händeschütteln mit Kollegen oder Kunden steht nichts mehr im Wege.

Die Klofrau und der Klomann bemühen sich täglich, das notwendige Wohlfühl-Zubehör bereitzustellen. Die Klobesucher brauchen eigentlich nur noch zuzugreifen.

Die Klo-Ente...

Wenn ich an Enten denke, dann schleichen in erster Linie Kindheitserinnerungen durch meinen Kopf. Entenhausen – mit seinen Einwohnern Donald und Dagobert Duck, Tick, Trick, Track und Daisy. Geschichten, die über all die Jahre haften blieben. Spass und Unterhaltung vom Feinsten. Die Magazine und Filme von Disney lockten und begeisterten Jung und Alt über Jahrzehnte. Die abenteuerlustigen Enten hatten die Menschheit fest im Griff und boten viel Raum zum Träumen. Die Ente wurde zum Kuscheltier und Begleiter von Generationen. In der Badewanne schwamm die gelbe Plastikente munter in wohlriechenden Schaumbergen. Gross und Klein plantschte munter mit den Gackerviechern.

Eines Tages dann die unglaubliche Schocknachricht: eine Ente fürs Klo! Nicht wirklich wahr, oder? Im Teich, auf dem See oder zum Spass in der Badewanne, ja – aber doch nicht im Klo.

Wer fordert die Tierschutz-Verbände mit solch abstrusen Ideen heraus? Ein Affront für alle Tierfreunde.

Welcher Mensch bringt es übers Herz, einer niedlichen Ente auf den Rücken zu plumpsen oder auf den Kopf zu pissen? Und dann die makabre Vorstellung, dass ich im Restaurant "chinesische Ente" bestellen möchte, die zuvor vielleicht im Klo geschwommen ist. Pfui Teufel! Undenkbar!

Wirklich undenkbar? Der Mensch ist eigentlich zu Allem fähig. Piss- und ähnliche Spiele sind laut Sexforschung schliesslich auch kein Tabu.

Aber keine Panik. Auch eine Ente wird nicht so heiss gegessen, wie sie gebraten wurde.

Trotzdem – die Klo-Ente ist keine Zeitungs-Ente. Ein findiger Schweizer, vermutlich ehemaliger Klo-Mann hat dieses clevere Spielzeug erfunden. Er landete damit ein Produkt der Spitzenklasse und einen absoluten Verkaufsschlager. Eine Ente wird zur Geldmaschine. Dagobert Duck lässt grüssen und grinst zufrieden aus seinem überquellenden, goldglänzenden Talersilo.

Millionenfach ging die Flasche, mit dem elegant gebogenen Hals, über die Ladentheke und erfreute alle

Klobeauftragten, Hausfrauen und sonstige Putzverrückte unserer modernen Welt.

Mit der Klobürste als Assistenten, findet und vernichtet sie – ohne zu quitschen – die miesen Eindringlinge an den schlecht erreichbaren Orten in der Klo-Schüssel. Ab sofort hiess es: Tod den Bakterien und unliebsamen Keimen, die bisher leichtes Spiel und genügend Nahrung im Klo vorfanden. Eine furchtlose Meisterschwimmerin machte Jagd auf bösartige und hinterlistige Tierchen, am Eingang zum dunklen Kanalisationssystem.

Keiner brauchte mehr seinen Hals zu verrenken, um an die kaum oder zumindest schwer zugänglichen Stellen der Keramikschüssel zu gelangen. Ein Mitglied aus der legendären Duck-Familie übernimmt ab sofort die undankbare Aufgabe.

Nicht nur Dagobert hatte ein goldenes Händchen. Ob er allerdings an der Finanzierung von Forschung und erfolgreichen Markteinführung beteiligt war, bleibt wohl für immer ein Geheimnis.

Ein neues Zeitalter im Klo wurde damit eingeläutet. Der WC-Ente sei Dank! Entenhausen und Disney haben damit ein weiteres Kapitel einer erfolgreichen Geschichte geschrieben.

Welt-Klotag...

Kein schlechter Spass, kein fieser Arilscherz – es gibt ihn wirklich. Seit 2001 wird jedes Jahr, am 19. November, der von den Vereinten Nationen vorgeschlagene und beschlossene Welttoilettentag zelebriert. Wauh!

Aber warum eigentlich nicht? 1947 wurde von derselben internationalen Organisation der erste Welttag ausgerufen. Inzwischen sind diese Tage fast etwas zur Plage geworden. Bis heute sind es etwa siebzig Welt- und Internationale Tage geworden.

Ein paar Müsterchen gefällig? Da wäre der Weltlehrertag, Welttag des Wohn- und Siedlungswesens, Welttag der Poesie, Welttag der Industrialisierung Afrikas, Welttag des audiovisuellen Erbes und…und…und…

Warum blieb die "Stunde der Wahrheit" auf vierundzwanzig Stunden beschränkt? Vielleicht – weil die Wahrheit zu den unangenehmen Dingen im Leben zählt.

Ein überaus nachhaltiger Hintergrund muss das Klo begleiten, dass sich sogar eine Weltorganisation mit der dampfenden Scheisse ernsthaft befasst.

Es sollte aber nicht bei diesem einen, beschissenen Toilettentag bleiben. Das Jahr 2008 wurde von der UNO zum "Internationalen Jahr der sanitären Grundversorgung ausgerufen. Ein weiterer Volltreffer in dieser Spassagenda. Nach Angaben der Weltgesundheitsorganisation WHO haben knapp vierzig Prozent der Weltbevölkerung keinen Zugang zu funktionstüchtigen Sanitäranlagen. Durch den Zugang zu sauberen Toiletten wäre ein Drittel der tödlichen Durchfallserkrankungen vermeidbar, an denen jedes Jahr 1,5 Millionen Menschen sterben – darunter vor allem Kleinkinder. Ein Blick in die meisten europäischen Klo's genügt, um klar festzustellen, dass die wenigsten Benutzer eine Ahnung von solchen Zahlen haben. Und die WHO müsste sich eigentlich auch Gedanken machen, ob die Kackerei in Drittweltländern wirklich ungesünder ist, als der Besuch einer Luxustoilette in unseren zivilisierten Breitengraden.

Irgendwo im Niemandsland gräbt sich der Darmgeplagte eine Grube, lässt die den Darm belastende Masse in die Tiefe fallen und schüttet das übelriechende Loch wieder zu.

Der Homosapien in modernen, fortschrittlichen Erdteilen, lässt seinen Dreck in eine bestens vorbereitete, weisse Keramikschüssel fallen, zieht die Hose hoch und lässt die Allgemeinheit an seiner hinterlassenen Pracht grosszügig teilhaben. Die Spühlung lässt grüssen und die Atemwege der Klofrauen und -männer ächzen.

In der Welt Online vom 19.11.2004, schrieb der Autor Michael Pilz:

Jack Slim, der Gründer des Weltklotages mahnte: Man darf kurz darüber lachen, dann aber sollte man das Thema ernst nehmen.

Der Mann hat recht. Niemand sollte das Klo unterschätzen. Das stille Örtchen vereint die wesentlichen Merkmale eines Kulturguts. Erst indem der Mensch den eigenen Dreck geruchlos hinter einer Wasserrohrbiegung verschwinden lassen kann, zivilisiert er sich.

Wirklich?

Die Politik liess aus der schweizerischen Hauptstadt in Bern verlauten: 100 Milliarden Franken für 47'000 km Kanalisation, Unterhaltskosten von 1,7 Milliarden pro Jahr, 759 reibungslos finktionierende Kläranlagen, die einen wichtigen Beitrag zur öffentlichen Gesundheit leisten. So sieht die Bilanz eines kleinen Landes am 20.05.2008 aus. Spektakuläre Zahlen, die nur für etwa 8 Millionen Menschen in einem kleinen Land sprechen.

Es bleibt aber eine eher unbeachtete Meldung, die in den Medien verbreitet, von den Menschen aber kaum aufgesogen wird.

Das Interesse an Wirtschafts-, Banken- und Börsendaten und die Lottozahlen liegt eher im Trend. Ein Kursgewinn ist greifbarer und macht glücklicher, als Fäkalienlabereien und Scheisshauszahlen.

Obwohl es auch hier Stänkerer gibt. In einer Tageszeitung entdeckte ich die Schlagzeile "Anleger scheissen auf Staatsanleihen."

Mit dieser Aussage kann die Klofrau und der Klomann

bestens leben. Wertpapiere liegen nämlich eher selten im Klo – weder in der Hygabox noch im verstopften Abflussrohr.

Klo-Träume...

Auch auf dem intimsten Örtchen ziehen sie ihre Kreise. Die Traumdeuter wagen den Gang aufs Klo. Kacken birgt psychologischen Zündstoff und den wollen die klugen Grenzwissenschafter nicht aussen vor lassen. Ein interessantes Tummelfeld für die Sterndeuter, Astrologen, Seher, Psychologen und andere Wahrheitssuchende der braunen menschlichen Seele.

Meine Klo-Träume bewegen sich meist im Horror-Szenario. Eine Schlange windet sich das Abflussrohr hoch und versucht mich in den Allerwertesten zu beissen. Mit knapper Not entkomme ich jedoch dem perfiden Angriff. Schweissgebadet erwache ich rechtzeitig und bin glücklich aus der Geschichte raus. Ein ungutes Gefühl bleibt trotzdem immer zurück.

Aber einmal durchlebte ich einen Traum, von dem ich mir wünsche, dass er Wirklichkeit werden würde. Ein Märchen der Gebrüder Grimm ist dabei Pate gestanden: "Tischlein deck dich, Esel streck dich, Knüppel aus dem Sack."

Eigentlich ein Morgen, wie jeder andere. Ich bereite mich auf die Putztour vor – fülle Wasser in den Kübel mit dem Bodenlappen, komplettiere die dreilagigen Klorollen, Handpapier, Seife und Reinigungsmittel auf dem Wagen.

Routinearbeit, die automatisch und emotionslos den Tagesablauf einläutet. Das vollausgerüstete Cleanmobil bewege ich lautlos durch die Teppichgänge zum ersten Einsatzort.

Ich öffne die Klotür, drücke auf den Lichtschalter und schau mich leicht irritiert um.

Die Kloschüssel ist sauber und ohne jede Bremsspur. Keine Schuhabdrücke am Boden, das Pissoir ohne Urinspritzer an der Wand und im Lavabo keine Zahnpastarückstände, keine Kaffeeränder auf den Ablagen und keine Zigarettenkippen im Klobesenhalter. Leicht verwirrt fülle ich fehlendes Material nach.

Das Erstaunen verflog aber schnell wieder. Erklärungen für diese ungewohnten Umstände boten sich rasch an: Möglicherweise waren nicht viele Angestellte auf der Etage. Freitage, Schulungen standen an.

Doch die Ausnahmesituation hielt weiter an. Auch die fol-

genden Klos boten ein Bild der Unberührtheit. Weit und breit keine Vandalenspuren.

Im vorletzten Raum stand ein Jutesack an der Wand. Neugierig, aber vorsichtig öffnet ich das Behältnis und staune nicht schlecht, als ich den hölzernen Knüppel entdecke.

Doch die grosse Überraschung erwartete mich in der Kloschüssel. Sie war bis an den Rand gefüllt mit Goldstücken. Es funkelte und leuchtete im ganzen Klo. Ich war geblendet von diesem überwältigenden Anblick und musste mich für einen Moment an der Wand abstützen. Ich konnte meinen Blick kaum vom Gesehenen lösen.

Dann trieb es mich aber geradezu ins letzte, noch anstehende Klo. Ich spürte, dass dort die Auflösung der sonderbaren Geschichte zu finden war.

Doch vor dem nächsten Schritt erwachte ich brutal und das Ende der Geschichte vom Traum blieb mir verwehrt. Es kam genau so, wie es bei Träumen üblich ist.

Eine Geschichte, die sich bestimmt jede Klofrau und jeder Klomann genüsslich reinziehen würde.

Besonders die Klofrau und der Klomann sollten sich intensiv mit dem Thema Traumdeutung auseinandersetzen. Ihre Arbeit bekommt ein ganz anderes Gesicht. Was in der Realität in unschönen Bildern, unangenehmen Düften und ekligen Erlebnissen begegnet, kann sich im

Traum zur glücklichen und frohen Botschaft verändern. Wenn ich – realistisch gesehen – "knietief in der Scheisse" stecke, darf ich mir bedenkenlos einen Haufen Golddukaten ausmalen, in dem ich mich wohlig wälze. Und damit bekommen die Worte "Geld stinkt nicht" endlich ihre wahre Bedeutung. Ausserdem hat sich schon Dagobert Duck in riesigen Bergen von Goldstücken ausgetobt. Vielleicht war er ein Vorreiter der Traumdeuter und nicht nur einfach ein geldgeiler Banker.

Zu beachten gilt allerdings – trotz aller positiven Aussagen – wenn man bis zum Hals in der Scheisse steckt, sollte man nicht den Kopf hängen lassen. Dann würde es nämllich echt ungemütlich.

Kloträume sollen, laut Fachleuten, sehr häufig sein. Der Träumende will seelischen Ballast loswerden. Von einem Klo zu träumen hat nichts Unanständiges an sich: Der Betroffene will sich etwas abstreifen, das ihn bedrückt. Der Traum, man befinde sich in einem Klo, schafft also Ordnung in unserem Seelenhaushalt. Leider verdrängt der Träumer solche Bilder gerne aus seinem Bewußtsein, so daß die Schlüsse, die man daraus auf den Gesamtzustand des Betroffenen ziehen könnte, verlorengehen. Ein defektes Klo signalisiert dem Träumenden, daß er emotional blockiert ist.

Ein verschmutztes Klo zu reinigen heißt, daß der Träumende seine verklemmte Haltung aufgibt. Auch die übelriechende Scheisse ist im Traum etwas Positives. Sie wird zum Dünger, aus dem wieder Neues entstehen kann. Alchimisten behaupteten früher sogar, daß man aus Kot Gold gewinnen könnte.

Ein verführerischer Gedanke, der mich aber auch zum Nachdenken zwingt: Was wäre, wenn es gar nicht die Alchimisten waren, die solch unsinnigen Behauptungen verbreitet haben, sondern die Banker?

Unangenehmer fällt ein Latrinen-Traum in seiner Deutung. aus. Da kann sich die Frage sehr direkt stellen: "Sitzen Sie vielleicht irgendwie in der Scheiße?"

Natürlich muss ich die Frage nicht laut beantworten. Es reicht vollkommen, wenn ich mit mir selber ins Reine komme. Eine Notlüge ist in einem solchen Fall durchaus entschuldbar. Ausserdem bleibt die ganze Angelegenheit geheim. Meine Scheisse räum ich schliesslich auch selber weg.

Stolz und Dankbarkeit können Gedanken, wie "ich bin ja nur ein Scheisshausbediensteter" verdrängen. Klo-Butler , als alternative Bezeichnung, würde in meinen Ohren allerdings schon fast wie Musik klingen.

Psychologische Betreuung von Klo-Personal muss in Zukunft ein wichtiger Bestandteil gewerkschaftlicher Forderung werden. Der nächste 1. Mai-Umzug bietet die Gelegenheit, Fahnen und Plakate, mit den nötigen Ankündigungen, der Klo-Kundschaft zu präsentieren.

Die Phantasie auf den Spruchbändern darf für ein Mal wilde Purzelbäume schlagen und den Textern kaum die Worte fehlen.

"Die Scheisse ist am Dampfen! Wir fordern endlich mehr Respekt und Rücksicht für die Klo-Frauen und -Männer!"

"Vereint durch Dick und Dünn gehen – nur gemeinsam kommen wir aus der Scheisse raus!"

Mein ganz persönlicher Slogan: "Steuerfreiheit für das Klopersonal!"

Die Fäkalien-Sprache...

Das Klo wurde bereits in unser Kulturgut eingeschlossen. Im gleichen Atemzug muss wohl auch die Sprache dazu gepackt werden.

Das "stille Örtchen" ist der Gebährsaal einer stolzen Anzahl von Wörtern und Sätzen dieser nicht ungewöhnlichen Sprachrichtung geworden – die vulgäre Fäkaliensprache. Sie beinhaltet ein umfangreiches Vokubular und reiht im Laufe eines Lebens unzählige Redewendungen in unsere Hirnströme ein.

Sie ist da und ob es uns passt oder nicht, ist sie Bestandteil unserer Umgangssprache geworden.

Selbst berühmte, angesehene Meister des geschrieben Wortes, Musikkomponisten, -texter und auch Politiker bedienten sich schon im Fäkalien-Dictionnaire.

Der deutsche Lyriker Günter Eich (1907-1972) veröffentlichte 1946 das durch die Kriegsgefangenschaft geprägte Gedicht "Latrine", in dem er sich sprachlich natürlich etwas gepflegter ausdrückte. Eich schildert darin sein menschliches Geschäft auf einer notdürftigen Latrine und kontrastiert dabei schöngeistige Betrachtungen mit der Ausscheidung von Exkrementen.

Goethe verpackt seine Scheisse im Gedicht "Nicolai auf Werthers Grabe". Heinrich Heine formte Verse aus Kot. Selbst Till Eulenspiegels 78. Historie erzählt, wie er in Köln dem Wirt auf den schönen Klapptisch schiss, weil ihm dieser eine miese Bank als Schlafstatt angeboten hatte.

Eine ganze Reihe von Fachliteratur liegt zum Schmöckern bereit und in Wiesbaden/DE wartet das "Klooseum – Museum of modern Arsch" auf interessierte und neugierige Besucher.

Lady Gaga führt eine ganze Reihe von Sängerinnen und Sängern an, die in Wort und Ton die klingende Fäkalienwelt erklingen lassen.

Im Computer öffnet sich eine Welt, die das virtuelle Klo

auf den Bildschirmen überquellen lässt. Der Phantasie von Bloggern sind keine Grenzen gesetzt. Der Geschmack lässt grüssen. Das Publikum ist anspruchslos geworden. Hauptsache die Suppe kocht und brodelt. Zum Nachtisch warten die laufenden Bilder auf unzähligen Videokanälen. "Alles Scheisse, oder was?" und ähnliche Redewendungen, werden irgendwann in jedem offiziellen Wörterbuch ihren Platz haben.

Meine Ergüsse in diesem Buch, werden vielleicht folgendermassen kommentiert: "Zeile für Zeile nur Scheisse gelabbert!" was in gepflegtem Deutsch heissen würde "Hirn aus – Klappe an."

Alles halb so schlimm. Ich reagiere ganz cool, und denke vermutlich: "Scheissegal, wie ihr doofen Kacker mein literarisches Werk beurteilt. Hauptsache ihr kauft es und schaufelt damit möglichst viel von der beschissenen Kohle in meine Taschen!"

Die Zeiten haben sich geändert und die Welt dreht sich unaufhörlich. Voraussichtlich noch bis ende 2012, wenn der Maya-Kalender seine Drohung wahr macht und die Pessimisten dieser Welt recht haben.

April, April - ich habe euch erwischt. 2012 ist längst vorbei und die Maja-Prognose hat sich nicht bewahrheitet.

Bis zur nächsten Voraussage eines klugen Kopfes, halten wir die Scheisse am Dampfen. Wir alle wünschen uns, unsterblich zu sein und der Nachwelt ein kleineres oder grösseres Denkspiel zu hinterlassen. Vielleicht werden in den zukünftigen Klotrümern auch ein paar bedruckte Seiten meines Meisterwerkes "KloSymphonia" auftauchen. Die Forscher dürften dann sicherlich positiv überrascht sein und das Seltsame Findstück in einem Museum ausstellen.

Wer immer die neue Welt in Zukunft bevölkern wird, braucht möglichst viele Rätsel aus der Vergangenheit. Ihre Wissenschaftler, Forscher und Künstler werden dann in unsern Exkrementen wühlen, und uns in Büchern, Filmen und Musiktexten erklären.

Die Pfahlbauer und Höhlenbewohner werden es uns danken, dass sie endlich in Frieden ruhen können.

Und wenn es so kommen sollte, dann löst sich das Problem rund um die Scheisse von alleine. Unsere Nachfolger werden sich dann den Kopf zerbrechen müssen: Wohin mit all der Kacke?

Ich, der pensionierte Klomann, werde dann wahrscheinlich auf einer weichen, weissen Wolken durchs himmlische Paradies schweben. Möglicherweise wird es dann den einen oder andern unangenehm treffen, wenn ich zufällig auf dem geweihten Plumpsklo sitze und inbrünstig ein "Halleluja" zelebriere.

Hygiena-Box...

Eine Hygiena-Box im Damen-Klo und der grüne Robidog, der unsere Spazierwege beglückt, haben eines gemeinsam: Unangenehme Begleiterscheinungen von Mensch, beziegungsweise Tier sollen möglichst unauffällig zwischengelagert werden. Sinn und Zweck sind also gegeben.

Nur – auch bei diesen Geräten, vor allem der Hygiena-Box, scheint die Gebrauchsanweisung zu versagen. Oder – wir Erdenbürger sind noch nicht so weit, dass wir die Anleitung verstehen können. Die Evolution vom sympatischen, haarigen Affenkind, hin zum intelligenten Zweibeiner ist irgendwo ins Leere gelaufen.

Ich habe bis zum heutigen Tag auch noch nie einen Hund gesehen, der seinen Dreck zusammen räumt und den Beutel im Robydog deponiert. Aber das erwartet wohl auch niemand vom treuherzigen Vierbeiner. Er muss schliesslich meistens an der Leine gehen, was seine Beweglichkeît massiv einschränkt. Zudem fehlt ihm die Fingerfertigkeit, einen vollgekackten Beutel zu verschliessen. Also bleibt es die Aufgabe seines Frauchens oder Meisters, die Aufgabe der Entsorgung zu übernehmen.

Auf den Damentoiletten hängt aber sehr oft eine speziell konstruierte Metallbox, für ausgesuchte weibliche

Bedürfnisse und die dazugehörigen Erzeugnisse.

Diese können darin ganz einfach und unauffällig Beiseite geschafft werden.

Mit "einfach" meine ich natürlich nicht, auf dem Boden hinter der Kloschüssel verstecken. Sonst kämen wir dem schnuggeligen Kläffer, der seinen alten Knochen hinter dem Sofa zu verscharren versucht, wieder ganz nahe.

Das weibliche Wesen besticht doch normalerweise durch ihren Einfallsreichtum und Raffinesse. Diese Vorzüge könnte sie beim Entsorgen ihrer Intim-Assessoires unter Beweis stellen.

Nicht zu vergessen der Kaugummi, welcher auch nicht unbedingt an die Wand oder unter die Klobrille geklebt werden sollte.

So kann weiterhin nur auf die Lernfähigkeit des weiblichen Wesens gehofft werden. Irgendwann wird sie den Sinn der Hygienabox entdecken und die zusammengedrückte Colabüchse in der Metallsammlung entsorgen.

Nicht alles ist schlecht...

Genug gelästert! Alles hat zwei Seiten, auch das Klo. Das könnte, bei all den negativen Aspekten, leicht in Vergessenheit geraten.

Was wäre, wenn es nicht existieren würde – das WC, die Toilette, der Abort, das Klosett, das Klo? Eine Frage, die wahrscheinlich nicht so oft unsere Gedanken beschäftigt.

Warum auch? Es ist ja da – ich kann es benutzen, wann immer ich will oder muss. Eine Selbstverständlichkeit, wetter- und parteiunabhängig, religionsfrei, ohne Altersgrenze.

Ich muss mir keinen Busch oder eine sichtdichte Baumgruppe suchen und keine Grube ausheben.

Ich gehe einfach durch die Tür, setz mich hin und tu es. Gedankenlos, weil es nun mal von der Natur so eingerichtet ist. Die Klorolle hängt griffbereit in Reichweite. Der Klobesen stets bereit zum Rubbeln, die Seife hängt im Spender an der Wand und Wasser fliesst bei Bedarf aus dem Hahn über dem Lavabo. Frische, weiche Tücher laden zum Händetrocknen ein und im Spiegel kann ich in ein entspanntes Gesicht erblicken. Alles im grünen Bereich, womit ich den Ort der menschlichen Bedürfnisse wieder verlassen kann. Ohne mir Gedanken zu machen.

Für ein paar Gedanken sollte ich mir aber ruhig etwas Zeit nehmen. Es bringt mich – hoffentlich – näher an den wirklichen Sinn und Zweck dieses durchwegs unterschätzten Raumes.

Schliesslich ist das Klo auch ein Rückzugsort. Eine Lounge – eine Chill-out-Zone zum Nachdenken, Abhängen, Rumhängen, Abschalten, Gammeln, Relaxen. Nicht umsonst ist irgendwann – von Irgendwem – die zutreffende Bezeichnung "Stilles Örtchen" kreiiert worden. Das muss ein Querdenker gewesen sein, der das Klo nicht in erster Linie als Scheisshaus gesehen und genutzt hat. Ein Philosoph der ganz alten Schule, oder einfach – ein unverbesserlicher Geniesser.

Wer oder was dieser Unbekannte auch immer war, ein paar Gedanken ist die Überlegung auf jeden Fall wert. Gehen wir doch unvoreingenommen auf eine kurze Reise durch unsere Vergangenheit.

Was ist es, das uns immer mal wieder in das legendäre Kabäuschen getrieben hat? Wirklich immer nur der Drang unseres Ablassventils?

Hier kann ich beruhigt die Seele baumeln lassen, alles fallen lassen, was mich drückt und bedrückt. Meine innere Mitte finden, mein wahres Ich suchen und spüren, ohne Stress und neugierig oder gar mitleidig gaffende Zuseher. Ein Platz um sich zu Erleichtern, eine Oase für Meditation, Ruhe und Entspannung.

"Hier bin ich Mensch – hier darf ich sein!" lautet ein Zitat von Johann Wolfgang von Goethe in Faust, seinem wohl berühmtesten Werk. Ob er beim Entstehen dieser geflügelten Worte das Klo im Hinterkopf hatte? Egal! Je nach Sicht der Dinge, ist auch diese Interpretation erlaubt. Goethe selig kann sich leider nicht mehr erklären.

Jetzt kann und darf ich mich endlich hemmungslos gehen lassen, ungestört Balast abwerfen, rücksichtslos rülpsen und furzen. Niemand rümpft vorwurfsvoll die Nase oder legt die Stirn nachdenklich in Falten, wenn sich irgendein Schliessmuskel unkontrolliert selbstständig macht. Ich bin allein und eins nur mit mir.

Das Klo verliert plötzlich die vermeintlich schlechten Eigenschaften. Ein Freiraum geht am Horizont auf und sorgt für ein absolut paradisisches Erleben.

Natürlich sollte ein Meditationsraum bestimmte Voraussetzungen erfüllen. Der Guru empfiehlt eine persönliche Wohlfühl-Einrichtung wie Möbelstücke, angenehme Farben, Musik und das bequeme Ruhemöbel.

Eine Kloschüssel mit intakter Brille muss aber nicht hinderlich sein, wenn man sein Ziel erreichen will. Die Ansprüche sind oftmals zu hoch gesteckt. Der Weg bleibt auch in diesem Fall das Ziel.

Also sollten wir das Vorhaben nicht an lapidaren Details scheitern lassen. Weniger kann manchmal Mehr sein. Gut und bequem sitzen lässt sich auch auf Keramik. Die Realität bleibt spürbarer und lässt uns weniger abheben.

Sphärenmusik spendet notfalls das Handy und die

Lieblingsfarbe kann aus der eigenen Phantasie hervor gezaubert werden. Und schon beamt sich der Körper aus der engen Hülle.

Schliesslich hat auch die Klofrau und der Klomann, trotz allen Widrigkeiten, freudige Momente im beschissenen Dasein.

Wenn die Kloschüssel im reinen Weiss erstrahlt, das Pissoir vom Gelbschleier befreit ist, die Wände in ihrer Standartfarbe erstrahlen, der Seifenspender und Handpapierkasten aufgefüllt, das Lavabo lupenrein und der Wandspiegel jedes eintauchende Bild unverfälscht widergibt, dann jauchzt der Berufsstolz zufrieden durch den angenehm duftenden Raum. Der Gedanke, was am nächsten Tag für Bilder erscheinen könnten, sind in diesem Augenblick in weite Ferne gerückt. Die Welt ist in Ordnung und negative Klogedanken können mir gestohlen bleiben.

Der nächste Einsatz kommt bestimmt und die entsprechenden Überraschungen sind wahrscheinlich bereits programmiert.

Crashkurs für angehende Klo-Bedienstete...

Aller Anfang ist schwer, ganz besonders der Einstieg in die Tiefen der menschlichen Bedürfnisse. Ob ein Schnellkurs ausreicht ist fraglich, denn gerade in diesem Job, wächst man mit der Erfahrung.

Zuerst muss ich meine eigene Psyche auf Vordermann bringen, mich selber von der Wichtigkeit dieser Arbeit überzeugen. Das Selbstbewusstsein stärken und trainieren. Sprich mit dir und überzeuge dich eindringlich von der Wichtigkeit deiner Tätigkeit. Du setzt dich für die niedrigsten Bedürfnisse der Allgemeinheit ein, mit insbrünstiger Intensität. Mach dir klar, dass Urinstein deine Seele nicht befällt, trotz der Hände Arbeit. Du musst Stolz zeigen in jeder Situation und bei der Begegnung mit dem Klogänger.

Die Auseinandersetzung mit der Psyche des Klobenutzers gehört natürlich ebenso zur Grundlage für eine erfolgversprechende Ausübung dieses Jobs. Ich muss die Gedankenabläufe und das Verhalten des Homo Sapien auf seinem Weg zur Entleerung verstehen lernen. Wann und warum gerade jetzt? Was führt ihn in die heiligen Hallen der Wohllust? Treibt ihn ein "Ich muss mal" oder das öde Gefühl "Ich will jetzt einfach?" Ist der oder die Pinkwillige gestresst oder entspannt?

Mit der Erfahrung in der praktischen Ausübung des Jobs,

wirst du schon sehr bald die Gründe aus dem Gesicht der Probanten lesen können.

Erkenntnisse, die Klarheit schaffen über den Klopapier-Fetischisten, den brutalen Abroller oder den sanften, sparsamen Rollenstreichler.

Der Klobürstenfobie-Gepeinigte ist leicht an gelblichen Zähnen zu erkennen, da Bürsten jeder Art zum Auslöser seiner unangenehmen Krankheit werden können.

Den Stehpinkler erkennt man am fast unnatürlich geraden Rücken, da er seine Wirbelsäule bei jeder Verrichtung etwas nach hinten biegt. Mit zunehmendem Alter kann sich dieses Beugen auf die Rückenmuskulatur auswirken und zu einem leicht unnatürlichen Gang führen, was aber keine gesundheitlichen Folgen haben muss.

Und dieser unnatürlich aufrechte Gang sollte auf keinen Fall mit falschem Stolz interpretiert werden. Der Betroffene will mit seiner Haltung kein besonderes Aufsehen erregen – er kann ganz einfach nicht anders.

Frauen sind nicht so leicht durchschaubar. Ihre Physionomie strahlt nicht jedes Signal leicht erkennbar aus. Da stösst der Psychologe im Klodienst ganz schnell an seine Grenzen. Mit weiblicher Raffinesse installiert sie eine undurchdringliche Maske auf das Gesicht und eine ebensosolche Hülle um den Bewegungsapparat.

Ihre Handlungen im Klobereich müssten mit versteckten Kameras aufgezeichnet werden, um Unarten aufzudecken.

Zum Glück sind solche Mittel aber nicht erlaubt, was bedeutet, dass sich der Klomann weiterhin von Tampons, Surfbrettern und Konsorten an der Nase herumführen lassen muss.

Aber auch hier gilt: Nicht den Mut verlieren, es gibt weit Schlimmeres.

In der Tiefe lauern unberechenbare Geister...

Ich habe gelernt und erfahren, dass der fieseste Feind des Klo-Butlers in den tiefsten Tiefen des Untergrunds liegt. Fast ein wenig versteckt und unbemerkt fristet das Ungeheuer dort sein Dasein und wartet auf den Moment, gnadenlos zuschlagen zu können.

Das weit verzweigte Netz von meist unsichtbaren Abwasserrohren, zieht durch alle Etagen eines Gebäudes und windet sich schliesslich in die dunklen Gemäuer des Untergrunds. Aufenthaltsorte, die weniger gefragt sind von der Allgemeinheit.

Diese Einrichtung weckt Erinnerung an das legendäre

Plumpsklo meiner Grosseltern im Bündnerischen Schanfigg. Die Gemeinsamkeit ist unverkennbar. Beide bedürfen eines Auffangbeckens für die Abfälle der Darmaktivitäten der Menschheit.

Der kleine Unterschied ist rasch erklärt: Im alten Plumpsklo musste die Auffanggrube manuell geleert und das dampfende Material anschliessend auf die Wiesen und Äcker der steilen Berghänge verteilt werden – eine aufwendige und schweisstreibende Aufgabe.

An meinem Arbeitsplatz, dem modernen Gewerbepark erledigt die Technik den übelriechenden Auftrag, ohne Einsatz von körperlichem Einsatz. Eine Pumpe befördert die unliebsame Brühe in die vorgesehenen Rohre der öffentlichen Abwasserkanäle. Sogenannte Schwimmer kontrollieren fortwährend den Pegelstand im Becken und schalten automatisch den Pumpenmotor ein, der damit die Aufgabe übernimmt, Überflüssiges aus dem Schacht wegzuführen.

Wer meine laienhaften Ausführungen zum technischen Ablauf dieses Vorganges nicht verstanden hat, sollte sich vielleicht im Internet, bei Wikipedia schlau machen. Dieser Dienst kann sicherlich tiefergreifende, ausführlichere und verständlichere Einblicke in die komplizierte Welt der Abwassertechnik liefern.

Wunderbar – könnte man im ersten Augenblick denken und sich zufrieden zurücklehnen. Nur, auch die modernste

Technik hat ihre Tücken.

Irgendwann – im Laufe der Zeit, gibt die vom ständigen Gestank geplagte Pumpe ihren Geist auf und verweigert die dringend nötige Aufgabe. Oder, ein wichtige Schwimmerteil ist durch irgendwelche Umstände verstopft und verklemmt.

Dann nimmt die Katastrophe ihren unwiderstehlichen Lauf und bringt die Gemüter der Betroffenen in Wallung.

Aber Hand aufs Herz und etwas mehr Verständnis für Schwimmer, Pumpe und übriges technisches Zubehör. Würden wir Menschen immer flott und zuverlässig agieren, wenn wir ständig bis zum Hals in der Scheisse stekken täten?

Der unerwünschte Moment ist nun einmal eingetroffen, an dem kein Jammern und Fluchen mehr hilft. Einzig gnadenloser Einsatz ist gefragt, ohne "Wenn und Aber". Das Motto lautet nur noch: "Augen auf, Nase zu und durch".

Der automatische Alarm im Basisbüro erübrigt sich sowiso. Allein der üble Geruch, der sich durch die Stockwerke hochschleicht, kündet einen unangenehmen Einsatz an.

Rein in die Gummistiefel, Sauggeräte und Wischer pakken, Maske nicht vergessen und ab in die tiefen Etagen.

Das Bild, das sich am Ort des Geschehens bietet, will ich gar nicht beschreiben. Die Phantasie des Lesers darf sich nun frei entfalten, Grenzen werden keine gesetzt.

Ich jedenfalls, erlebte in der folgenden Nacht eine reichhaltige, äusserst fantsievolle Traumwelt. Dabei stand ich glücklicherweise nicht in der Scheisse, dafür in reichhaltigen, bunten Korallenbänken. Farbenfrohe Schwärme von grossen und kleinen Fischen tummelten sich zwischen meinen Füssen. Dazwischen Muränen, Seepferdchen, Tintenfische, Krebse und Muscheln.

Ein weisser Hai beendete den Traum. Ich erwachte schliesslich unversehrt und mir blieb der Gedanke: "Jede Scheisse hat auch ein Ende!"

Aber, wenn ich das Plumpsklo meiner Grosseltern mit der modernen Variante meiner Arbeitswelt vergleiche, gebe ich ersterem den Vorzug. Nicht ein Sensor am Schwimmer gibt mir Sicherheit. Das Auge des Menschen und seine Entscheidung zum Handeln gelten auch bei vollen Jauchegruben.

Auch Lumpi, Schnurrli und Co. müssen mal…

Unbekümmert geht die Tierwelt mit dem Thema "Der Darm drückt" um. Sie lassen den Ballast fallen, egal wann und wo. Die Natur hat sich, seit ihrer Ankunft auf dieser Erde, darum gekümmert. Es wurden keine Einrichtungen geschaffen oder bereit gestellt. Die Erde hat zusammengeführt, was zusammen gehört und es hat bestens funktioniert.

Bis sich der liebe, intelligente Mensch dazu gesellte. Dieser begann sich sofort Gedanken zu machen und die wahllose Herumscheisserei, zumindest in Stallungen, mit Reglementen einzudämmen.

Das Nutzvieh, Pferde und ähnliches Getier hatte ab sofort in Reih und Glied zu stehen, den Arsch in die gleiche Richtung. Damit wurde gewährleistet, dass die Ausscheidung in eine Rinne fielen, die auf dem Weg zum Miststock lag. Damit erreichte der bäuerliche Homo Sapien eine grosse Erleichterung beim Saubermachen der Stallungen.

Es blieb aber nicht lange bei diesen Neuerungen. Automation war das allgegenwärtige Zauberwort. Aus der kleinen Rinne wurde ein kleiner Graben ausgestattet mit einem Förderband, das den Inhalt – wie von Geisterhand gelenkt – auf den Miststock vor der Stallung beförderte.

Nur auf der freien Weide galt noch das individuelle "ich-muss-und-will-jetzt-sofort-und-zwar-hier".

Diese Regel sollte aber nicht für Hunde gelten. Dogmatiker liessen ihre Hirnzellen frei galoppieren, erschuffen schliesslich den grünen Robidog und lieferten die dazu nötigen Platiksäcklein. Die Herrchen und Frauchen unserer geliebten Vierbeiner werden freundlich ersucht, die Hinterlassenschaft aus der Darmgegend ihrer Lieblinge aufzusammeln und diese in dem erschaffenen, grünen Blechpolizisten zu deponieren. Der Aufruf ist angekommen, wenn auch nicht flächendeckend.

Ob die Tiere uns für diese Errungenschaft dankbar sind, lasse ich wegen mangelnder Kenntnis offen. Bei mir hat sich bisher weder ein Ochse noch eine Kuh bedankt, was ich allerdings auch nicht erwartet habe.

In den Genuss menschlicher Anteilnahme an tierischen Bedürfnissen dürften sich Katzen freuen. Vor allem eine revolutionäre Erfindung ging um die Welt – das Katzenklo, dem sogar ein musikalisches Werk gewidmet wurde.

Ein tiefes und erleichtertes Aufatmen ging durch die Haushaarknäuelpopulation.

Endlich befreites urinieren und Darmleeren in geschützter Athmosphäre.

Und damit nicht genug, Das einfache Katzenklo wurde ständig weiter entwickelt. "Selbstreinigend" ist inzwischen ein schreiendes Verkaufsargument der boomenden Industrie für Tierzubehör.

Die Zukunft wird sicherlich mit sich bringen, dass weitere Tiergruppen ihre Bedürfnisanstalten bekommen.

Da werden aber noch einige Gedanken und Ideen fliessen

müssen. Denken wir nur mal kurz an die illegal eingewanderten Wölfe, Bären. Ob Elefant, Giraffe und Nashorn in naher oder ferner Zukunft unsere Landesgrenzen erreichen werden, steht in den Sternen.

Kunst, Kultur und Sprache rund ums Klo...

Die Kloschüssel ist nicht einfach nur zum nützlichen Gebrauchsmittel für uns Menschen geworden. Das Klo hat sich mit seinem ganzen Umfeld zum Kulturgut gemausert. Musiker, Maler, Fotografen, Schriftsteller, Kolumnisten, Dichter und Philosophen sind über den ursprünglich vermeintlichen Stinkstiefel hergefallen. In mehr oder minder anspruchsvollen Versen, Texten und Melodien wird es gepriesen oder eben verteufelt.

Unzählige Einträge im digitalen Netz widerspiegeln die Popularität und Vielfalt des Themas.

Relevante Worte, Ausdrücke und einzelne Schriftzeichen sind zu einer neuen Sprachform zusammen gewachsen. Die Fäkaliensprache wurde geboren und etablierte sich zum Kult. Anekdoten, Geschichten, Verse, Sprüche, Popsongs und Ähnliches verbreiten sich rasant. Sogar Kinderlieder und Synfonien wurden geschrieben, als Beispiel möchte ich nur die "Synfonie der Verstopfung" von J.B.O. erwähnen.

1980 kam eine legendäre Fotosession mit Rockmusiker Frank Zappa auf den Markt – Gitarre spielend und nachdenklich auf dem Klo. Ein Aufschrei der Empörung ging damals duch die gutbürgerliche Gesellschaft.

Natürlich überlasse ich ein Urteil über solch sogenannter Kulturperlen, jedem einzelnen Betrachter.

Ähnlich wie ein Kloaufenthalt, bleibt es schlussendlich eine reine Geschmacksache des jeweiligen Konsumenten.

Ob die Klo-Sprüche, Klo-Witze und die unzählig kursierenden Klo-Geschichten zur Sparte Kultur oder Kunst zu zählen sind, lasse ich im freien Raum stehen.

Schliesslich ist auch ein *Landjäger** nicht zwangsweise ein Polizist. Eine kurze Erklärung zu dieser Behauptung: *(*Der Landjäger ist eine geräucherte, luftgetrocknete Wurst und gehört zum kulinarischen Erbe der Schweiz. Im späteren 18. bis weit ins 19. Jahrhundert bezeichnete man den Polizisten, vor allem in ländlichen Gebieten, offiziell als Landjäger. Warum der Landjager wie ein Polizist heisst? Weil die Wurst etwas steif, etwas zäh, nicht sehr heikel und bisweilen scharf ist).*

Mit diesem kurzen Abstecher zur Wurst und zum

Landjäger, will ich wieder zum Thema Kultur zurück kehren.

Gerade ist mir die Geschichte "vom Mann der mit dem Klo tanzt" wieder eingefallen.

Beim täglichen Reinigungsturnus durch die zahlreichen WC-Anlagen erlebte ich zum ersten mal einen mittelprächtigen Kulturschock.

Obwohl jede WC-Kabine vom Benutzer vor fremden Zutritten gesichert werden kann, zeigte mir ein grünes Schild unter dem Schloss das Freizeichen. Also öffnete ich nichts ahnend, um meinen Reinigungspflichten nachzukommen.

Als die Tür den Blick ins Klo freigab, blieb mir kurz die Luft weg. Ein skurriles Bild bot sich meinen Augen und ich konnte erst nicht glauben, was ich erblickte.

Tanzte da ein Mann auf der Kloschüssel oder befand ich mich ganz einfach im falschen Film? Ich konnte gar nicht sofort reagieren und mich augenblicklich zurück ziehen. So absurd präsentierte sich die Situation.

Eine Kloschüssel, deren Rand mit Toilettenpapier bedeckt war. Ein bärtiger Mann mir heruntergelassener Hose stand kauernd darauf und schaute mir mit den dunklen Augen ziemlich teilnahmslos entgegen. Kein Erstaunen und keine Überraschung seinerseits. Er fühlte sich bei seinem Geschäft scheinbar in keiner Weise gestört.

Bei mir löste sich endlich die Schockstarre und liess mich wieder reagieren. Rasch zog ich die Tür wieder ins Schloss und murmelte eine Entschuldigung. Kaum anzunehmen, dass mein Gegenüber die Worte verstehen konnte. Es war bloss ein undefinierbares Gemurmel, das ich von mir gab.

Hastig verliess ich darauf die Kloanlage und zog mich ins Lager zurück.

Diese unerwartete Begegnung musste sich erst einmal setzen, um klare Gedanken zuzulassen.

Ein Tag später erst erfuhr ich die wahren Hintergründe des Geschehenen. Ich war das erste mal mit der muslimischen Klokultur konfrontiert worden. Eine fremde Kultur, die in der Angelegenheit Stuhlgang mit eigenen Regeln gepflastert ist.

Im Netz fand ich den Vorgang des muslimischen Klogangs was mir schlussendlich auch viele Antworten, auf vergangene Ferienerlebnisse in fremden Ländern gab.

Die gute Nachricht zum Schluss: An der multikulturellen Kloschüssel wird seit Jahrzehnten intensiv geforscht und die Form der sogenannten "orientalischen Toilette" sei bereits gefunden – ein Loch, zwei Fusstritte rechts und links davon. Weiter sollte aber beim Einbau in den Wohnbereich darauf geachtet werden, dass bei Benutzern der Rücken nicht ausgerechnet nach Mekka zeigt. Sonst droht wieder neuer Ärger.

"Alles klar, Herr Kommissar?" fragt Falco in seinem Song. Ich denke das Problem lässt sich mit etwas gutem Willen lösen, damit der Darm seiner Arbeit wieder ungestört nachgehen kann und uns alle ruhig schlafen lässt.

Picknick für Hardcore-Feinschmecker...

Eine nicht gesicherten WC-Türe ist kein Einzelfall. Ob Absicht oder Vergesslichkeit beim Nutzer, will und kann ich nicht beurteilen. Aber auch Exibitionismus könnte in solchen solchen Fällen eventuell mitspielen. Psychologen schliessen die Möglichkeit nicht unbedingt aus.
Aber, was soll's. Die menschlichen Tic's sind vielfälltig und so lassen wir bei solchen Begegnungen am besten die Toleranz spielen. "Nobody Is Perfect" hat irgend ein kluger Mensch einmal gesagt und die Rapperin Jessie J. einen Song kreiiert.
Jedenfalls öffnete ich die Tür und auch dieses mal bremste mich eine Überraschung der besonderen Art.
Auf dem Klo sass ein menschliches Wesen mit heruntergelassenen Hosen, ein Sandwich in der Hand, mit vollem

Mund kauend und einer Zeischrift auf den Knien. Zu seinen Füssen lag ein Aktenkoffer und darauf ein Plastikgefäss mit Salat oder etwas von der Art.

Die Verblüffung hinderte mich an einer sofortigen Reaktion und der Picknicker gegenüber protestierte auch nicht lauthals. Doch nach einem kurzen Augenblick entspannte ich mich, ohne die Verwunderung abzulegen und schloss die Tür mit einem unüberlegten "En Guete", was in gepflegter deutscher Sprache "Guten Appetit" bedeutet. Gedankenverloren, aber auch etwas ungläubig zog ich mich zurück zum Kaffeeautomaten. Mit dem herrlichen Bohnenduft in der Nase, stellte ich mir die Frage: Muss ein Picknick zwangsweise immer in der grünen Natur stattfinden. Neue Wege und originelle Ideen braucht der Mensch um sich weiter entwickeln zu können.

Vom Himmel hoch...

Ja, auch das gibt es. Eine sichtlich aufgeregte Frau kommt mir auf einem Bürogang entgegen. Atemlos teilt sie mir mit, dass aus der Damen-Toilette in ihrer Abtelung seltsame Geräusche zu vernehmen wären. Die Angsr einflössenden Umstände hinderten sie aber daran, dem Rätsel nachzugehen.

Meine Hilfe war gewünscht und die wollte ich dem weiblichen Geschlecht nicht verwehren. Sie spürte eine Gefahr und suchte starke, mutige Unterstützung.

Nicht länger diskutieren und studieren – agieren ist angesagt. Der Tatort wird die wirkliche Aufklärung bringen.

Ich öffne vorsichtig die besagte Toilettentür und horche den Geräuschen.

Und schon glaube ich, des Rätsels Lösung gefunden zu haben. Das Geräusch hört sich nämlich nach panikartigem Flügelschlag an und ein gefiedertes Flugobjekt erschien in meinem Blickfeld.

Die Ursache für diesen Einsatz war zwar schnell gefunden. Jetzt musste nur noch eine Lösung her, den Eindringling aus seiner misslichen Lage zu befreien.

Einfacher gesagt als getan, denn der Toilettenraum war ziemlich gross mit seinen insgesamt fünf Klokabinen und dem anschliessenden Waschbeckenbereich.

Ein Vogelfangnetz stand ebenfalls nicht zur Verfügung.

Also blieb nur eine Lösung: Türe zum Gang und dort alle Fenster öffnen und gefiederten Freund in die Freiheit treiben.

Die Idee schien gut, aber es wurde ein langer Weg. Ich

versuchte den flauschigen Federknäuel zu fassen – sprang von einer Schüssel auf die nächste – aber mein Gegner war immer eine Spur flinker. Zwischendurch setzte er sich auf einen Spülkasten und lockte mich mit dem Gedanken: "Ha, jetzt bist du müde und eine leichte Beute". Dachte ich und schon flog er wieder auf die hinterste Trennwand. Mein nächster Angriff muss den Vogel verwirrt haben. Statt ind die Höhe zu starten, stürzte er sich in die Tiefe. Die Geräusche waren unverkennbar. Er flatterte und plantschte verzweifelt in der Kloschüssel und piepste herzzerreissend. Durch die wilden Befreiungsversuche verteilte er den Kloinhalt in der ganzen Kabine.

Endlich konnte ich ihn fassen und aus unangenehmen Lage befreien. Ich spürte das wild klopfende Herz der kleinen Kreatur.

Über dem Waschbecken trocknete ich das nasse Federkleid und brachte das zappelnde Tier zum nächsten Fenster. Dann öffnete ich die um das Tier geschlussene Hand und schon startete es in die Freiheit.

Die Frau freute sich über die gelungene Aktion und versprach den nächsten Kaffee in der Kantine zu übernehmen.

Der Eindringling mit dem Federkleid war, wie sich später herausstellte, über ein Lüftungsrohr eingedrungen. Der fehlende Gitterverschluss wurde schliesslich ersetzt.

Ende gut – alles Gut.

Stau an der Front...

Auf den Strassen sind es Blechlawinen, die ärgerliche Behinderungen mit nervenaufreibenden Staus produzieren können. Auch die Rohre im Abwassernetz können überlastet werden und den Weg nach Unten blockieren.

Ein unbekannter Spielverderber – in Fachkreisen auch Terrorist genannt – legt sich quer und schon geht Nichts mehr.

Der Gummistöpsel, das chemische Teufelszeug und der einfache Draht sind schnell machtlos gegen die Übermacht im Underground.

Dann muss der Klomann zu gröberen Mitteln greifen, um dem Gegner Paroli zu bieten.

Die Motorspindel kommt zum Einsatz und soll den feigen Verstopfer das Fürchten lehren.

Voll konzentriert auf den Gegner, führe ich die Spindel ins Rohr und starte die furchteinflössende, ratternde Angriffsmachine.

Die Spindel dreht sich langsam und unwiderstehlich

einem noch unbekannten Ziel entgegen. Hin und wieder wird sie kurz gestoppt, bei einer Richtungsänderung oder einer verhärteten Ablagerung. Der nun gewählte Rückwärtsgang befreit die Spindel und lässt den Weg frei werden. Der erfahrene Maschinist spürte jede Bewegung die des vorwärts drängenden Rüssels in seiner Hand. Sein Gefühl entscheidet über Go and Stop der Maschine.

Jetzt wird es sich zeigen, ob das angepeilte Ziel erreicht ist.

Ein möglichst unagressiver Rückzug der Spindel ist äusserst empfehlenswert. Nur der unerfahrene Laie würde diese Aktion im Höchsttempo starten. Das Ergebnis wird ihn aber definitif lehren, kein zweites Mal diesen Weg zu wählen.

Während sich die Spindel langsam aus dem Rohr zurückdreht, beobachte ich konzentriert die Austrittsstelle.

Dann ist es soweit, die Spannung erreicht den Höhepunkt. Der Übeltäter lässt die Maske fallen und wird vollumfänglich sichtbar.

Ich befreie ein arg verschmutztes T-Shirt von der Spindelspitze – nicht ohne einen klar verständlichen Fluch über die Lippen zu lassen "Schweinebacken"!

Jetzt erklärt sich dem Leser die Tatsache, warum der maschinelle Rückzug sachte und bedacht eingeleitet werden sollte. Sobald das Korpus Delikti das Rohr verlässt, dreht es sich um die Spindelspitze, schlägt dir das grauslige Objekt ins Gesicht und verspritzt die ganze Umgebung. Eine unerfreuliche Aussicht, aber natürlich auch ein unvergessliches Lehrstück für kommende Einsätze am unentbehrlichen Gerät.

Die Aussicht, dass an Stelle des Shirt auch ein Surfbrett, ein Tamponnest oder eine Unterhose hätte hängen können, steigert die Lust auf Vollgasgeben bestimmt nicht.

Merke: "Es gibt nichts, was es nicht gibt" im Schlund eines Abwasserlabyrints. Die Terroristenbande hat viele Namen.

Daniel Düsentrieb wird's schon richten...

Nani und Neni's Plumpsklo hinterliess über sechs Jahrzehnte ein ungelöstes Geheimnis. Bis heute habe ich immer wieder nach einer Lösung gesucht, den Fäk-Fall zeitnah mitverfolgen zu können.

Die neuen technischen Erfindungen geben aber Anlass zur Hoffnung. Ich denke in erster Linie an die Fotoindustrie. Die Unterwasserkamera ist schon lange Tatsache und einsatztauglich. Wie sich solche Geräte in einer Jauchegrube bewähren und wie es um die Geruchstauglichkeit steht, ist mir bisher unbekannt.

Aber ich zähle auf die Phantasie und das Können zukünftiger Tüftler und Erfinder. Erinnern wir uns an Daniel Düsentrieb und seine vielen Überraschungen.

Irgendwann werde ich wieder – ohne endlose Grübelei – die dunklen Nächte ruhig durchschlafen können.

Falls das Plumpsklo dann noch an der Fassade vom Schloss Maladers leuchtet.

Mit dem Klo werde ich mich so oder so zeitlebens auseinandersetzen müssen. Auch ich *muss* nun halt mal hin und wieder.

Vom gleichen Autor 2011 erschienen:
ISBN 9783842372887
Verlag: Books on Demand GmbH

Ich liebe diese Verrückte...

Szenen einer
etwas anderen
Beziehung

von Christian Roth

In allen guten Buchhandlungen
oder als eBook downloaden

Vom gleichen Autor 2011 erschienen:
ISBN 9783842333918
Verlag: Books on Demand GmbH

ROTTA

Makabre Wach- und Tagträume
eines jungen Schriftstellers

ERZÄHLUNG
VON
CHRISTIAN ROTH

In allen guten Buchhandlungen
oder als eBook downloaden